徳間文庫

婿殿開眼㊉

一抹の福

牧　秀彦

徳間書店

目次

【主な登場人物】

笠井半蔵 百五十俵取りの直参旗本。下勘定所に勤める平勘定。

佐和 笠井家の家付き娘。半蔵を婿に迎えて十年目。

お駒 呉服橋で煮売屋『笹のや』を営む可憐な娘。

梅吉 『笹のや』で板前として働く若い衆。

村垣範正 小十人組。半蔵の腹違いの弟。

笠井総右衛門 笠井家の先代当主。

矢部駿河守定謙 前南町奉行。

梶野土佐守良材 勘定奉行。半蔵の上役。

高田俊平 北町奉行所の定廻同心。半蔵と同門の剣友。

仁杉五郎左衛門 南町奉行所の年番方与力。

宇野幸内 南町奉行所の元吟味方与力。

政吉 俊平配下の岡っ引き。

水野忠邦（みずのただくに）　老中首座。

鳥居耀蔵（とりいようぞう）　新任の南町奉行。

浪岡晋助（なみおかしんすけ）　浪人。天然理心流（てんねんりしんりゅう）の門人。半蔵と俊平の弟弟子。

高野長英（たかのちょうえい）　蛮社（ばんしゃ）の獄で裁きを受け、終身刑に処された。

三村右近（みむらうこん）　南町奉行所の見習い同心。左近の双子の弟。

三村左近（みむらさこん）　右近の双子の兄。

【単位換算一覧】

一尺（約三〇・三〇三センチ）　一寸（約三・〇三〇三センチ）　一分（約〇・三〇三〇三センチ）　一丈（約三・〇三〇三メートル）　一間（一・八一八一八メートル）　一里（三・九二七二七キロメートル）　一斗（一八・〇三九一リットル）　一升（一・八〇三九一リットル）　一合（〇・一八〇三九一リットル）　一勺（〇・〇一八〇三九一リットル）　一貫（三・七五キログラム）　一斤（六〇〇グラム）　一匁（三・七五グラム）　一刻（約二時間）　半刻（約一時間）　四半刻（約三〇分）　等

第一章　名与力死す

一

天保（てんぽう）十三年（一八四二）一月十日、小伝馬町（こでんまちょう）牢屋敷で異変が起きた。

誰も気付かぬうちに、囚人が死んでいたのだ。

無頼の輩（やから）が大勢押し込められる二間牢（にけんろう）では作造り（さくづくり）と称し、牢名主の指図で集団による密殺が行われるのも、珍しくはない。牢番はもとより検屍に当たる獄医も慣れたもので、買収に進んで応じる。屈強な囚人どもが押さえ込んで窒息（ちっそく）させたのを心の臓の発作と偽り、いつも事をうやむやにしてしまう。

だが、こたびばかりは事情が違った。

夜更けの揚り屋で息絶えていたのは元役人。それも見習いの頃から四十年近く南町奉行所に職を奉じ、名与力と呼ばれた傑物であった。

最初に事件を知ったのは、不寝番の牢屋同心たち。

当番所に詰めていて、漂う異臭に気付いたのが始まりだった。

「やけに臭いますねぇ……」

四十過ぎと思しき小太りの同心が、怪訝そうに鼻をひくつかせる。

隙間が空いた板戸の向こうは、鞘土間と呼ばれる通路。

血の臭いは、その鞘土間から風と共に入り込んでいた。

「夜も更けたと申すに……妙だと思われませぬか、島木さん？」

「いやぁ、私はさほど気になりませぬなぁ」

火鉢を挟んで向かいに座った相方の同心が、事もなげに答える。とっくに還暦を過ぎたと見受けられる、白髪頭の痩せた男である。

島木と呼ばれた同心がつまみ上げたのは、鰯の丸干し。火鉢の五徳に焼き網を載せ、こまめにひっくり返しながら炙っていた。

「まぁまぁ加藤さん、一尾どうぞ」

「いただきまする」

熱々の丸干しを受け取り、加藤と呼ばれた同心は微笑む。

隙間の空いていた板戸はきっちり閉じられ、血の臭いはひとまず絶えた。

「うむ、うむ……美味しゅうございますなぁ」

「それは重畳。さればもう一尾、召し上がれ」

「恐れ入りまする」

「なーに。安い給金で寝ずの番まで仰せつかって、このぐらいの楽しみが無くてはやっていられませんよ」

「そのとおりですなぁ。ははは……」

香ばしい匂いの漂う部屋で、二人の同心はしばし間食に熱中した。

忍び返し付きの高塀と堀に囲まれた、牢屋敷の敷地は二千六百坪余り。

獄舎は表門から入って左手の一帯を占め、四人の身分と性別で分けられた複数の牢が、長い鞘土間に沿って設けられている。

夏は暑く冬は寒い牢屋が幾つも連なる鞘土間を抜けた先、広大な敷地の右奥にあるのが、死罪場（しざいば）と御様場（おためしば）だ。

重い罪を犯した者は、身内であっても亡骸（なきがら）の引き取りを許されない。小塚原（こづかっぱら）と鈴ヶ森の刑場で晒（さら）し首や火あぶりにされる外道（げどう）は当然だが、獄門に至らぬまでも罪は重いと見なされた場合、牢屋敷内の死罪場で首を刎（は）ねられた後に残った胴を御様場の土壇に据えられ、御様御用首斬り役の山田（やまだ）一門の手で試し切りされるという付加刑を科せられる。御役に就いて間もない見習い同心は立ち込める血の臭いに耐えきれず、嘔吐を誘われるのもしばしばだった。

その点、齢（よわい）を重ねた古株同心は平気の平左。気分を悪くすることもない。

されど、今時分までぷんぷん臭っているのは、さすがにおかしい。

本日の処刑は日が沈む前に、滞りなく執行済み。

死罪場も御様場も片付けられ、血の痕（あと）も水で洗い流した後のはず。

にも拘（かか）わらず、どうして異臭が絶えぬのか。

「また臭うて参りましたぞ」

「ふむ……たしかに妙やもしれませぬな……」

丸干しを齧（かじ）りつつ、島木は首をすくめる。漂う異臭を改めて気にしながらも底冷えに勝てず、火鉢の前から動きたくない様子だった。

天保十三年の一月は、陽暦では二月に当たる。

暦の上では春とはいえ、江戸を含む東国は未だに寒さの失せぬ時季。夜更けとなれば尚のこと、冷え込みは厳しい。

「さて……」

島木がおもむろに立ち上がった。

戸を開けて鞘土間に出るのかと思いきや、向かった先は部屋の隅。

持ってきたのは、隠しておいた徳利とちろりであった。

御用の最中の飲酒はもちろん御法度だが、酔わぬ程度に加減して口にするのであれば、上役もいちいち目くじらを立てはしない。ここ数年の間に囚人の態度が目に見えて改まり、以前ほど手を焼かせることがなくなったからだ。

二間牢と大牢はとりわけ問題が多く、かつては夜でも喧嘩騒ぎが絶えぬばかりか牢破りを企てる命知らずがいつ動き出すか定かでなく、当番所に詰めていても気を抜く暇など有りはしなかった。

一転して楽になったのは三年前の暮れ、高名な蘭学者の高野長英に永牢（終身刑）

の判決が下ってからのこと。

頭が切れて腕っ節も強く、早々に牢名主に祭り上げられた長英は開業医として培った豊富な知識と経験を遺憾なく発揮し、心身を病みがちな同房の囚人たちのために労を厭わぬ一方で、不穏な動きを抑えてくれている。風通しの悪い環境を改善せよ、食事の献立を良くしろ等と注文を付けられる牢屋敷の側にとっては煩わしい反面、牢内の治安を保たせるのに欠かせぬ存在となって久しかった。

あの長英が目を光らせている限り、喧嘩騒ぎが始まるはずはない。

まして流血沙汰など、有り得ぬ話だ。

ならば先程から絶えず漂う、この異臭は何なのか——。

「すみませぬが島木さん、般若湯はしばしお待ちくだされ」

加藤は神妙に申し出た。

燗をつけた酒で暖を取ってもらいたいのはやまやまだが、この異臭の源を突き止めるまで酔っ払わせるわけにはいくまい。そう言いたげな面持ちだった。

「何やら気になりまする。ちと見廻りに参りませぬか？」

それでも、島木は腰を上げようとはしなかった。

「やれやれ、そこまで大仰に構えずとも……」

抜きかけた徳利の栓を締めて置き、手持ち無沙汰に丸干しを口に運ぶ。

「どうせ手負いの犬か猫でも迷い込み、そこらでお陀仏になっておるだけのことでありましょう。片付けるのは、夜が明けてからでも構いますまいに……」

不満げに答えつつ、島木は丸干しを頭から嚙み砕く。老いてはいても、口の中には虫歯ひとつ見当たらない。

「あー、喉が渇きました」

聞こえよがしに愚痴りながら、島木は鉄瓶に手を伸ばす。

湯冷ましを茶碗に注ぎ、がぶがぶ飲む様は不機嫌そのもの。

「どうか腰を上げてくだされ。事が起きてしもうてからでは遅いのですぞ⁉」

つむじを曲げてしまった先輩に、加藤は負けじと食い下がった。

「有ってはならぬ話ですが、もしや三村殿がお腰の物を奪われたのでは……」

「ははは……加藤さん、取り越し苦労が過ぎますよ」

島木は思わず苦笑した。

笑いながらも、目は置かれた徳利に吸い寄せられている。

「先程から臭いはすれども、物音ひとつ聞こえぬではないですか。それに三村殿は腐っても南町一の剣の手練……まさか刀を奪われるはずがありますまい。そうは思いませぬか？」

「されど、だいぶ酔うておられるご様子でした故……」

「しつこいですねぇ。そこまで言うなら、今すぐ見ておいでなさい」

「は？　それがしが、一人で？」

「言いだしっぺは加藤さん、あなたでしょう。さぁ、急いだ急いだ」

「はぁ」

先輩に逆らえず、加藤は雪駄を突っかける。

当番所を後にするのを尻目に、ささささっと島木は動く。

火鉢の反対側に廻り、抱き上げたのは待望の酒が詰まった徳利。長英から年賀の挨拶代わりに贈られ、今日まで手を付けずにいた銘酒だった。

「味見、味見と……」

相方が戻るのを待つことなく、島木はいそいそと栓を抜きにかかる。

ちろりで燗を付ける手間を省き、冷やのまま堪能するつもりらしい。

と、早々に乱れた足音が聞こえて来た。

「わっ、わっ」

抜きかけた栓を、島木は慌てて締める。

一人だけ見廻りに行かせておいて浅ましい真似をするものだと、軽蔑されても仕方あるまい。

ところが、加藤は一言も咎めようとはしなかった。

代わりに口を衝いて出たのは、切迫した呼びかけだった。

「い、い、一大事っ！　一大事にございまする！」

肉付きのいい頬は引き攣り、月代から首筋まで汗まみれ。

冷や汗が止まらぬ理由は、震える声で明かされた。

「ひ、仁杉五郎左衛門が、自害に及んでおりました！」

「何ですと⁉」

島木は耳を疑った。

手にした徳利が転がり落ち、弾みで栓がすっぽ抜ける。

どっとこぼれ出た酒で、島木の膝はたちまちずぶ濡れ。

惜しんでいる場合ではなかった。

「御鍵役様に知らせるのです！　早う！」

「ははっ！」

だっと加藤は駆け出した。

凍て付く空気の中に響き渡る、足音は大きい。

鞘土間に漂う血の臭いも、いよいよ濃くなるばかりであった。

二

牢屋敷の側としては、表沙汰にはしたくない事態である。

できることなら、病死扱いで済ませたい。

亡骸を発見した島木と加藤が、切羽詰まって思いついたこととは違う。

不測の事態が起きたと知らされ、牢屋奉行の石出帯刀の命を受けて獄舎に駆け付けた、壮年の鍵役同心の思惑だった。

鍵役同心は定員二名。町奉行所と違って与力の職が設けられていない牢屋敷で奉行を補佐し、すべての牢の鍵を預かると同時に、五十名の同心を統率する立場である。古参で経験も豊富なだけに囚人の扱いを委細承知しており、滅多なことで動じはしない。そんな大物が膝を震わせ、今にも倒れそうになっていた。

「こ、これは何としたことじゃ……」

夜更けの揚り屋には血の臭いが立ち込め、手燭の炎をかざすと牢格子まで飛び散った痕が残っているのが見て取れる。

腹に脇差を突き立てた上で首筋を裂いた、自害の名残だ。

年季の入った鍵役同心といえども正視に耐えない、凄惨な光景である。

「ううっ……」

牢番と獄医の前で醜態を晒すのは避けたかった。

何とか踏みとどまった視線の先で、仁杉五郎左衛門が倒れ伏していた。浅葱色の獄衣姿で前のめりになったまま、ぴくりとも動かない。痩せ衰えた姿も痛ましく、己の流した血の海の中で息絶えていた。

目を閉じた表情は、穏やかそのもの。

やつれても品のいい横顔が、朱に染まっている。

何とも痛々しい有り様だった。

「南無……」

合掌する鍵役同心の顔は暗い。

二間牢や大牢から死人が出ても、何も動揺するに及ばなかった。

由々しきことには違いあるまいが、表沙汰にしたところで誰のためにもならぬのならば隠蔽（いんぺい）し、何も起きなかったことにしてしまうのが賢明。それに高野長英が牢名主となって以来、牢内での揉め事そのものが絶えて久しい。

しかし、揚り屋は士分向けの独房だ。

複数の者を雑居させる場合もあるが、五郎左衛門は昨年の十月に牢屋敷送りとなって以来、他の囚人から隔離されていた。

同じ房の中に誰もいない状況で死んだとなれば、他殺の線は消える。

しかも五郎左衛門は奪った脇差を腹に突き立てた上、衰弱した体に残された力を振り絞り、首筋を掻（か）き切って果てたのだ。

斯（か）くも見事な最期を遂げた者を病死扱いにするなど、同じ武士として許されることではあるまい。

「仏を頼む。くれぐれも丁重に扱うのだぞ……」

検屍に取りかかる獄医に一声命じ、鍵役同心は踵を返す。

夜更けの牢屋敷は、厳戒態勢の下に置かれていた。

揃いの法被と股引姿の下男は手に手に六尺棒を携え、騒ぎに乗じた囚人どもが不穏な行動を起こさぬように巡回中。

同心たちも抜かりなく、それぞれの持ち場に就いている。

物々しい雰囲気の漂う中、その男は当番所に拘束されていた。

取り返しのつかない失態を犯していながら牢に放り込まれなかったのは、同じ役人でも牢屋同心より格上であればこそ。もっとも当人は前後不覚となり、どこに留置されようと区別がつかぬ態だったのだが――。

「ひっく、うぃい」

酩酊した男は柱にもたれかかり、足を投げ出して座っている。

黄八丈の着流しの裾は乱れ、毛脛が剝き出し。日々の御用に欠かせぬはずの黒羽織は、鞘土間に脱ぎ捨てられたままになっていたのを下男が拾ってきた。

崩れていたのは、着付けだけではない。

小銀杏(こいちょう)の髷(まげ)は乱れ、口の端には涎(よだれ)の痕。

両の目は充血し、視線は虚(うつ)ろ。男臭く整った顔立ちも、これでは台無し。

二合や三合の酒を口にした程度で、こうはなるまい。

閉じられた板戸が、どんどんと叩かれた。

見張りについていた島木が、さっと戸を開く。

「大儀……」

労をねぎらいつつ、鍵役同心は当番所に入る。

「変わったことはないか」

「ははっ」

答える島木は神妙そのもの。

もちろん、酒など一滴も口にしていなかった。

相方の加藤は下男の一隊を率い、逃げた曲者(くせもの)を追跡中。

牢屋敷の門前から逃走した不審な男は忍びの者を思わせる黒装束で、身の丈は六尺近く。刀を一振り背負っていたという。

見た目もだが、姿を現した頃合いが、いかにも怪しい。

五郎左衛門が息絶えていると分かった直後に目撃された以上、直に手を下したわけではないにせよ、何か関係があると見なすべきであろう。

あるいは命を狙って、これから忍び込むところだったのかもしれない。

そこで鍵役同心は奉行と諮り、曲者を追跡させる一方で非番の者まで召集して牢屋敷の護りを固めさせていた。

同心も下男も、一人として無駄働きをさせてはいない。

まして島木は血の臭いを気にする加藤に取り合わず、死体の発見が遅れる原因を作った責任がある。大いに働いてもらわねばなるまい。

「何といたしまするか、中井様」

島木がおずおずと問うてきた。

「相手が町方では、とても手が出せませぬ。言い逃れをされてしもうては、我ら一同の命取りになりますぞ……」

「分かっておる。皆まで申すな」

中井と呼ばれた鍵役同心は、渋い顔で島木の肩を叩く。

一方の男は目を閉じ、涎を垂らしながらうたた寝していた。

男を見やる中井の視線は、不快そのもの。

胸の内でも、毒づかずにいられなかった。

（鯨飲しておるのを承知で面会を許した者共も悪いが……。いやはや、どこまで呆れた奴なのか……とんでもないことをしでかしおって……）

そう思いたくなるのも、無理はない。

この男は、ただの酔漢とは違うからだ。

御成先御免の着流しと黒羽織は、町奉行所勤めの廻方同心に独特の装い。

今は見る影も無いが、八丁堀の旦那と呼ばれる立場なのだ。

三村右近、二十九歳。

ほんの一年前、南町奉行所に入った当時は見習い同心にすぎなかったのが前の奉行の矢部定謙に抜擢され、江戸市中から悪党どもを一掃すべく持ち前の剣技を大いに振るって、評判を得た手練である。

火付盗賊改も顔負けの斬り捨て御免を荒っぽく繰り返したのも、考えがあってのことだった。

「ふん……」

凶悪な盗っ人（ぬすっと）や無頼の博徒といえども、命は惜しい。

いつ自分たちが槍玉に挙げられ、問答無用で殺されるか分かったものではない——そう思えば恐怖の念に駆られ、次第に浮き足立ってくる。江戸にとどまって悪事を働き続けようとは、思えなくなる。

そんな人間の心理を右近は利用し、悪党どもがこぞって御府外へ逃げ出すように事を運んだのだ。

腕が立つばかりでなく、悪知恵も働く。

粗暴ながら、使える男と判じてよかった。

なればこそ、前の南町奉行だった矢部定謙も大役を任せたのだろう。

結果としては悪党どもを江戸から関八州に分散させたにすぎず、公儀は街道筋の治安を回復させるために、新たな策を講じる必要が生じたのだが、それはまた別の話。

強引なやり方ながら、一定の成果を上げたのは間違いあるまい。

ところが右近は素行不良を理由に降格させられ、新たに南町奉行となった鳥居耀蔵（とりいようぞう）からも冷遇されるに及んで、酒びたりの毎日を過ごしていたという。

ただでさえ上役の心証が悪い右近が不祥事を、それも取り返しのつかぬ事態を引き起こしたからには、厳しく罰せられるのは明白だった。

下手をすれば、腹まで切らされるかもしれない。

少々気の毒にも思えたが、自ら招いたことだけに止むを得まい。

ともあれ、いつまでも酩酊したままにさせておくわけにはいかなかった。

「しゃんとしてくだされ、三村殿……」

呼びかける中井は仏頂面。

ぶすっとしながらも、口調だけは折り目正しい。

相手が格上だけに、気を遣わざるを得ないのだ。

町奉行所勤めの右近は、三十俵二人扶持。

対する中井の俸禄は、同じ二人扶持でも二十俵取り。

それに見習いとはいえ、廻方同心は町奉行所の花形だ。牢屋敷勤めの鍵役同心とは比べるべくもなかった。

「三村殿、三村殿」

怒鳴りつけたい気持ちを抑えて中井は繰り返し、辛抱強く呼びかける。

「うーい……」

「しっかりしてくだされ」

重ねて告げながらも、頭から水を浴びせてやりたい心境になっていた。

酔いは、一向に醒めそうにない。

なればこそ、やすやすと脇差を奪われてしまったのだろう。

修練を重ねた武芸者でも、酒を過ごせば勘が鈍る。

したたかに酔い痴れ、注意が散漫になっている隙に五郎左衛門が付け込んだのなら、合点がゆくというものだ。

それにしても、右近は一体何をしていたのか。

十手を預かる身にあるまじき、取り返しのつかぬ失態だった。

しかも、反省の色が無い。

「はっはっは、まことに申し訳ない……」

「笑って済むことですか、三村殿！」

「おいおい、そんなに怒鳴らんでくれ。頭に響いて堪らん……」

声を荒らげる中井に対し、右近は酩酊しながらも余裕綽々。

しかも、こんなことまで言いだす始末。

「何事も考えようではないのかな、御鍵役殿」

「えっ……」

「図らずも仁杉の始末が付いたことよ。日頃から扱いかねておったのだろう？」

「め、滅多なことを申されますな」

「怒るな怒るな、酔人の戯れ言よ」

「くっ！」

中井は呆れるばかりだった。

一方で、疑念も募らせずにいられない。

（こやつ、どこまで本気でものを言うておるのか……？　あるいは耀甲斐の命を受け、わざと脇差を渡したのやもしれぬぞ……）

ただの思い込みではない。

仁杉五郎左衛門の扱いについて、中井ら牢屋敷の役人たちは、かねてより圧力をかけられていたからである。

与える食事は、日に一度きり。

しかも、献立は小さな握り飯ひとつに薄い塩汁のみ。

ぎりぎりまで飢えさせることを、強要されていたのだ。

命じてきたのは、鳥居耀蔵。

右近の上役でもある、南町奉行だ。

耀蔵が牢屋敷側に無理を強いるのは、初めてのことではない。

切れ者の目付として恐れられ、密かに蝮と呼ばれていた頃から牢屋奉行と配下の同心衆に難題を押し付け、異を唱えるのを許さなかった。

そんな横暴が最も顕著だったのが、高野長英に渡辺崋山と世に名高い蘭学者を罪に問い、彼らに協力した咎で捕らえた人々を牢死させ、後に崋山を自害にまで追い込んだ蛮社の獄。

耀蔵が得意とするのは、牢に押し込めた上で満足に食事を与えず、飢えと渇きで衰弱させるというやり方だった。

弱り切った体で厳しい取り調べを受ければ、やってもいない罪を認めてでも楽になろうとするのが人の性。神に非ざる身の弱さに付け込み、非道な策を弄するのを躊躇しない。非情さと執念深さは、まさに蝮と言っていい。

目付だった頃さえ逆らえず、行き過ぎたやり方に手を貸すことを拒めなかった牢屋敷の役人たちが、今や天下の南町奉行となった耀蔵に対し、異を唱えられるはずがなかった。

五郎左衛門がそこまで追い込まれたのは、理由あってのことだった。

(御救米の一件、か……)

事件が起きたのは六年前。

当時の江戸市中は天保の大飢饉の影響で深刻な米不足に陥り、飢えた民が打ちこわしに走りかねない状況の下に置かれていた。

そこで幕府は混乱を防ぐべく、御救米の調達を町奉行に下知したのである。時の南町奉行の筒井政憲の信任も厚かった五郎左衛門が大役を仰せつかり、力を尽くした甲斐あって米は確保され、混乱は無事に収まった。

そんな美談が偽りと決め付けられ、罪人として捕らえられてしまったのだ。

江戸を飢えから救った名与力が御用商人から賄賂を受け取り、私腹を肥やしていたと言われたところで、真実とは考え難い。

他ならぬ中井も、内心では五郎左衛門をずっと信じていた。

南町の名与力は、もとより清廉潔白な質。

与えられた権限を悪用し、汚職など働くはずがない。

しかし、五郎左衛門は命を絶った。

己の罪を認めたかの如く、腹を切って果ててしまったのだ。

「ふん。六年も素知らぬ顔で過ごしおって、卑怯者めひきょうもの」

右近が皮肉につぶやいた。

聞き咎めた中井が、すぐさま問う。

「誰のことを申しておるのか、三村殿？」

「決まっておろうが、仁杉五郎左衛門よ」

「故人を貶おとしめてはなりませぬ。お口を慎みなされ」

「ははは……そんな殊勝な気があれば、最初はなから足を運びはせぬわ」

「お黙りなされ」

「まぁ、聞け」

ムッとするのに構わず、酒臭い息を吐きながら右近は言った。

「俺は仁杉めを罵ののしってやるために、小伝馬町まで参ったのだぞ」

「えっ……」

中井は唖然とさせられた。

「三村殿……それはまた、何故に」

「決まっておろう。あやつの小才子ぶりが、かねてより気に食わなんだのよ」

「は？」

中井は耳を疑った。

右近は一体、何が言いたいのか。

訳が分からぬまま、続けて問う。

「ご不満がお有りならば、御目付筋に訴え出ればよかったではありませぬか」

「大袈裟なことを申すな、阿呆。ちと酒が入り、からかってやりたくなっただけのことよ……はっはっは、まさか脇差を盗られるとは思わなんだが、な……」

「…………」

「ふっ。俺としたことが、とんだ不覚を取ったものよ」

言葉を失う中井をよそに、右近は自嘲する。

相変わらず、吐く息は熟柿の如く。反省の色など、微塵も浮かべていない。

右近こそ、阿呆そのものだ。

しかし、今は笑っている場合ではなかった。

五郎左衛門が切腹に用いたのは、右近から奪った脇差。牢格子の隙間から手を伸ばして、抜き取ったという。

まともに考えれば、信じがたいことである。

もとより牢内に火の気はなく、五郎左衛門は剣の達人とも違う。

三月に及んだ牢暮らしで食事を制限され続け、衰弱した上に体が芯まで凍えていながら、きっちり帯びた相手の脇差を鞘から抜き取れるとは考えられない。

自害したいと訴えかけ、抜き身を渡してもらったのではあるまいか。

左様に判じるのが、妥当だろう。

だが右近は、五郎左衛門に同情したわけではない。

したたかに酔って面会しに訪れ、牢格子の向こうから悪口を言うつもりが油断して脇差を奪われ、死なせてしまっただけなのだ。

(こやつ、真の阿呆だな……)

こんな痴れ者がどうなろうと、もはや知ったことではなかった。

牢屋敷側の責任を回避するためにも、逃がしてはなるまい。

「島木」

「心得ました」

大きくうなずき、島木は右近に歩み寄る。

懐（ふところ）から取り出したのは、非常の事態に備えて携帯している早縄。

「何をするつもりだい、爺さん？」

「失礼をつかまつりまする」

淡々と告げながら腕を取り、背中に回す。

縄をかけながらも、縛りはしない。

ただ足袋（たび）を脱がせ、余った縄の端を足の指にくくり付けただけだった。

まだ罪人と決まっていない者を縛り上げれば恥を掻かせたことになるが、結び目さえ作らなければ、武家の作法に照らしても障りは無いからだ。

「おいおい、お手柔らかに頼むぜぇ」

へらへらしている右近を残し、中井は鞘土間に出た。

向かう先は、同じ敷地内に建つ牢屋奉行の役宅。

目付に届けを出してもらって、速やかに身柄を引き渡すつもりであった。

目付の裁きを受けた三村右近は御役御免となり、同心の職を解かれて南町奉行所から追放された。仁杉五郎左衛門に脇差を奪い取られ、結果として自害を幇助したと見なされたのである。

三

それにしては、処罰が甘すぎたと言えよう。

公金横領の罪で小伝馬町牢屋敷に勾留された五郎左衛門の吟味は、江戸の民にとって大きな関心事だった。それも罰せられるのではなく、無実となって揚り屋から解き放たれることを、多くの者が願って止まずにいた。

あの名与力が民を飢えから救う米の調達を任されたのに乗じ、一儲けを企んだとは考えがたい。間違いであるのなら、速やかに証明してほしい——そんな世間の期待を踏みにじるかの如く、右近は五郎左衛門を死なせてしまったのだ。

表沙汰にできる話ではない。

獄中で病死したことにされたものの、役人たちの中にも呆れる者は多かった。

町方同心が酒に酔った勢いで牢屋敷に押しかけ、脇差を奪われるとは愚かにも程がある。責を問われて腹を切らされたとしても、止むを得まい。

ところが蓋を開けてみれば、下った裁きは甘かった。在りし日の五郎左衛門を慕(した)う江戸の民が本当は自害ではないのかと疑い始め、吟味を担当した目付の屋敷はもとより、南町奉行所まで押しかけて抗議したのも当然だろう。

一連の出来事を、笠井半蔵(かさいはんぞう)は高田俊平(たかだしゅんぺい)から知らされた。

「まことか、高田？」

「間違いありやせん。南の御番所（町奉行所）の裏門から出された三村の野郎が行っちまうのを、この目でしかと見届けやした」

「組屋敷は、何としたのだ」

「御番所から小者(こもの)が差し向けられて、きれいに片付けるんでしょう。もともと大した家財道具は置いちゃいなかったそうですよ」

「すべてを捨てて去ったということか……」

「それにしちゃ、さっぱりした面(つら)ぁしてましたよ……あの野郎、毛ほども反省なんかしちゃいねぇ……」

「これほどの大事を引き起こしたのだ。本来ならば切腹ものぞ」

「ったく、得心できねぇ裁きですよ。できることなら今からでも、この手で引導を渡してやりてぇもんでさ」

半蔵と縁側に並んで座った俊平は、怒りを抑えきれない様子であった。

多くの江戸の民と同様に、五郎左衛門を敬愛していたからだ。

自害して果てたとはいえ、きっかけを作ったのが右近と思えば憤りが収まらぬのも当たり前。御役御免どまりでは軽すぎると、激怒して止まずにいる。

そんな俊平が聞き込んできた話によると、南町の与力と同心たちは意外なほど冷静で、誰も右近を責めていなかったという。

「どいつもこいつも仁杉様にゃ世話になってたくせに、いざ蓋を開けてみりゃ恩知らずな野郎ばかりでしたよ。ったく、情けねぇ限りでさ……」

「左様に申すでない。皆、心ならずも我関(われかん)せずを決め込んだだけであろうぞ」

「…………」

俊平は黙り込む。

半蔵の言わんとすることは、不本意ながら理解していた。

五郎左衛門が自ら命を絶ったのは、罪を認めたが故の行動とも解釈できる。御救米の調達を任されたのを幸いに公金を横領し、賄賂（まいない）を受け取っていたのが事実とすれば、名与力といえども庇（かば）うわけにはいかない。

同罪と見なされれば今後の出世に差し支えるし、下手をすれば御用鞭（ごようべん）（逮捕）にされて牢屋敷に送られてしまうのだ。

これでは南町の与力と同心が口をつぐみ、右近を責めずにいるのも当然。

たしかに情けないことだが、みんな日々の暮らしが大事なのだ。

「くそったれ！」

俊平が床に拳を叩き付けた。

気持ちは分かるが、廊下に傷を付けられては困る。

「八つ当たりは止（よ）せ。この屋敷も、御公儀からの借り物なのだぞ」

「へっ……どのみち半さんはご養子じゃありやせんか」

腹立ちまぎれか、俊平は半蔵に向かって毒づいた。

「それにお旗本と言っても百五十俵取りじゃ、町方の与力より下ですぜ？　何も大したこたぁねぇでしょうが」

「口を慎め、高田」

きっと半蔵は目を吊り上げた。

「俺のことはともかく、笠井の家に無礼を申すは許さぬぞ」

「す、すみやせん……」

俊平は慌てて詫びた。半蔵を怒らせるのは本意ではない。

この二人は天然理心流を学んだ師こそ違うが、牛込柳町の試衛館道場に通って腕を競い合う仲である。もう一人の仲間だった浪岡晋助が江戸を離れ、武州多摩郡の谷保村に居着いて所帯を構えた今となっては、互いに無二の剣友と言っていい。無闇に争うのは良くないことだった。

半蔵は無言で空を仰ぐ。

すでに日は高かった。

相変わらず謹慎が解けぬまま、駿河台の屋敷で過ごす毎日は退屈そのもの。

外出するのはもちろんのこと、客と会うのも御法度だったが、今や半蔵は上役の命令ならば何でも従っていたお人よしとは違う。要は人目を盗んで動けばいいのだと割り切り、屋敷を抜け出すのも迷わない。

仁杉五郎左衛門が自害して果てた、あの夜もそうだった。

御庭番あがりの祖父を持つ半蔵は、十代を過ごした八王子で天然理心流を学ぶと同時に、忍びの術を会得している。つい先頃までは勘定奉行の梶野良材から影の御用を仰せつかり、数々の密命を人知れず果たしてきた。

しかし一月十日の夜に小伝馬町まで赴き、牢屋敷への侵入を試みたのは、誰に命じられたことでもない。半蔵自身が決断し、無実と信じた五郎左衛門を助け出そうと立ち上がったのである。

そんな決意も空しく、結果は惨敗だった。

宿敵の三村左近に、行く手を阻まれたのだ。

鳥居耀蔵の子飼いの剣客である左近は、双子の弟の右近より腕が立つ。

剣術と忍術を併せ修めた半蔵でもまったく歯が立たず、防戦一方となっていたのを牢屋敷の同心たちに目撃されて、退散せざるを得なかった。

黒装束をまとい、覆面をしていたのは不幸中の幸いだったと言えよう。

俊平の話によると牢屋奉行の石出帯刀から要請を受け、南北の町奉行所ばかりか火付盗賊改まで逃走した曲者の探索に動員されているらしいが、小伝馬町から駿河台まで町境の木戸を通ることなく、屋根を伝って逃げ延びた半蔵の足取りを追って来た者は、まだ誰もいなかった。

今のところ、半蔵の身は安泰。

良材に逆らって謹慎させられてはいるものの、何も御役御免にされたわけではない。しばらく大人しくしていれば、復帰もいずれ叶うだろう。

だが俊平の兄弟子としては、知らぬ顔を決め込むわけにもいかなかった。

「失礼なことを言っちまったのは謝ります。ですがね半さん、俺ぁ悔しくてならねぇんですよ。どうして仁杉様ともあろうお人が、三村みてぇにくだらねぇ野郎から得物を奪ってまで自害しなすったのか、どうにも分からねぇんですよう」

「…………」

切々と訴えられて、半蔵には返す言葉が無い。

左近を退けて牢屋敷に忍び込むことができていれば、五郎左衛門が自害に及ぶのは止められたはず。そう思えば、悔やまれるのも無理はない。

今年で二十三歳になる俊平は、半蔵より一回り近く下である。

元々は士分ではなく本郷の薬種問屋の倅だったが、剣術の稽古に熱中するうちに武家の子弟も顔負けの才能を発揮し、商いより捕物御用に向いていると判じた父親に同心株を買い与えられ、呉服橋御門内の北町奉行所に出仕する身となったのは一昨年の春のこと。少し遅れて北町奉行に任じられた遠山景元に見込まれて定廻となり、早くも二年目を迎えていた。

若くして花形の職に抜擢された俊平は期待に応えるべく張り切る一方、南町で名与力と呼ばれた二人の傑物に私淑し、教えを乞いながら頑張ってきた。

その傑物の一人が鬼仏と呼ばれた、元吟味方与力の宇野幸内。

そしてもう一人が、仁杉五郎左衛門だったのだ。

俊平の気持ちになれば、収まらぬのも当たり前。

もしも右近がわざと自害をそそのかしたのであれば血気に逸り、自ら裁こうと斬りかかるかもしれない。それだけは何としても避けさせたかった。

(あやつは俺でも五分と五分。高田の腕では返り討ちにされようぞ……)

三村右近は、元はと言えば鳥居耀蔵の子飼いの剣客だった男。

双子の兄の左近と共に鳥居家の用心棒を務めたり、あるじの耀蔵にとって都合の悪い者を闇に葬る、刺客の任を果たしていたものである。

右近が仰せつかった役目は、それだけではなかった。

兄より剣の技量は劣るものの悪知恵に長(た)け、非情な真似も平気でやってのける冷血漢ぶりを見込まれて同心株を与えられ、南町奉行所に入り込んで筒井政憲に矢部定謙と、南町奉行を次々に失脚させるのに一役買っていたのだ。

右近の汚い働きの甲斐あって、耀蔵は今や天下の南町奉行。

定謙を敬愛する半蔵にとっては許せぬことだったが、百五十俵取りの平勘定にすぎぬ身で、まともに告発できる相手ではない。

しかも謹慎中では、迂闊(うかつ)な真似はできかねる。

可愛い弟弟子のためであろうと、無茶は禁物。

歯がゆい限りだが、今日のところは早く帰すしかあるまい。

「時に高田、市中見廻りに参らずともよいのか」

「そうだ、いけねぇ」

さりげなく促したところ、俊平は慌てて立ち上がった。

「すみやせん、半さん。また政(まさ)のとっつぁんに嫌みを言われるとこでしたよ」

「政吉(まさきち)は息災なのか」

「へい。相も変わらず、ぴんぴんしていまさぁ」

「それは重畳。よしなに伝えてくれ」

「心得ました。ところで半さん、奥方様は大事ねぇんですか」

「うむ。ひと頃よりは……な」

「そいつぁよかった。くれぐれもお大事になすってください」

「かたじけない」

「それじゃ、失礼しやす」

「うむ、また会おうぞ……」

俊平を送り出し、半蔵は深々と溜め息を吐く。

仁杉五郎左衛門の件を気にしていながら深入りできずにいるのは、謹慎の身であることだけが理由ではない。

半蔵には佐和という、六歳下の妻がいる。

かつては余りの気の強さに手を焼き、大いに泣かされもしたものである。

並外れて気丈だった妻も心を病んで、今や童女に等しい有り様。医者の診立てによると、気長に見守っていくしかないという。

か細い声が聞こえてきた。

「お前さま、どこですか？」

「今参る」

すぐさま半蔵は縁側から腰を上げ、大股で奥の部屋へと向かう。

愛する妻を護るためには戦うのではなく、むしろ真剣勝負を避けるべし。

そう思えば、無謀な真似などできるはずもなかった。

第二章　半蔵、再び立つ

一

病室となって久しい奥の部屋に、妻の姿は見当たらなかった。

夫を呼んでおきながら、一体どこに行ったのだろう。

「佐和……」

半蔵は慌てて視線を巡らせる。

と、台所から焦った声が聞こえてきた。

「お止めください、奥方様！」

「私どもがいたしまする！　どうかお任せくださいませ！」

佐和ではない。笠井家に奉公している、若い女中たちの声だ。

駆け付けてみると、愛妻は嬉々として台所に立っていた。

寝たきりで毎日を過ごしていた頃より顔色は明るく、肉付きもいい。うどん粉らしきものを鼻の頭にくっつけたままなのも、微笑ましかった。

（いかん、いかん）

思わず緩みそうになった頰を、半蔵は慌てて引き締める。

ともあれ、騒ぎの理由は確かめねばなるまい。

「何としたのだ、佐和？」

「お八つに麩の焼を拵えておりまする。少々お腹が空きました故」

「それで俺を呼んだのか……」

「はい。ご一緒にいただこうと思いまして、ね」

拍子抜けした半蔵に、佐和はさらりと答える。声の響きが弱々しかったのは単に空腹で、力が入らなかったせいらしい。

寝込んでいた頃の反動なのか、このところ佐和は食べる量が増えてきた。

日に三度の食事だけでは足りず、八つ時（午後二時）になると夫に相伴させ、間食に舌鼓を打つ。いつものことだが、俊平と話し込んでいて半蔵はうっかり忘れてしまっていたのだ。

今日は自ら腕を振るい、手製の一品を振る舞うつもりらしい。

「さぁお前さま、ご覧になっていらしてくださいましね」

佐和は甲斐甲斐しく、調理を始めた。

熱した鉄鍋に、薄く引いたのは菜種油。

しゃーっと音を立てて流し入れたのは、うどん粉を水で溶いた生地だった。

「いかがです？　美味しそうでありましょう」

「うむ……」

心地よい匂いが、昼下がりの台所に満ちていく。

生地を薄く伸ばして焼き上げ、山椒味噌や砂糖を塗って味わう麩の焼は、かの千利休が考案したとされる茶席向けの菓子。本来は秋に食べるが、江戸では餡をくるんだ一品が助惣焼と名付けられ、年中売られていた。

「さぁ、今少しで焼けますよ……」

佐和は菜箸を使って、生地を引っくり返そうとする。

しかし、鍋にへばりついてしまっていて上手くいかない。

生地を溶くときに水を入れすぎたのか、それとも油が足りなかったのか。

いずれにせよ、以前は加減を誤ることなどなかったはず。

やむなく、佐和はしゃもじを持ってくる。

「手伝おうか?」

「大事はありませぬ。お前さまはそのまま、そのまま……」

半蔵が手を出そうとするのを拒みつつ、佐和は半ば強引に、焦げ気味の生地を鍋からはがしていく。

表情は真剣そのもの。

鼻の頭にうどん粉をくっつけたまま、一心不乱に取り組んでいる。

汚れていたのは、顔だけではない。袖をたくし上げた着物にも点々と、跳ねた生地がこびりついているのに、当人はまったく気付いていなかった。

これもまた、以前の佐和には有り得ないことだった。

笠井一族は微禄ながら、三河以来の直参（じきさん）旗本。代々の当主は武士の表芸である弓（きゅう）馬刀鑓（ばとうそう）の術よりも算勘（さんかん）の才に長（た）け、勘定方に欠かせぬ知恵者として、徳川家に長らく仕えてきた。

そんな笠井家に一人娘として生まれた佐和は、旗本八万騎の家中で随一の美形と謳われた器量よし。それでいて、江戸で知らぬ者がいないほどの評判を取った理由は、見た目の美しさだけとは違う。

並びなき佳人であると同時に、佐和は頭も冴えていた。

先祖代々の才能を、一身に受け継いだのである。

凡百の男では及びもつかぬほど算盤の扱いが達者な上に、難解な定理を駆使する算法も大の得意とくれば、生まれながらの数字の申し子。

もしも男子として生を受けていれば笠井の家を一代で盛り上げ、勘定奉行の職も狙えたに違いない。

それでいて類い稀な美貌の持ち主なのだから、十一代将軍の座に在った当時の家斉公が執着し、大奥入りを再三望んだのも当然だろう。

しかし、今は何かが違う。

以前の佐和は、調理中に着衣を汚すことなど皆無だった。

聡明な女人は、台所仕事も完璧にこなす。常に先の段取りを考えながら作業を進めるので無駄な動きを一切せず、自ずと失敗も防げるからである。

そんな佐和が生地を捏ねながら周囲にまき散らしたり、こびりつかせたままで平気な顔をしているとは尋常ではない。

手本を示すべき女中たちも、一緒に居るのだ。

女中の一人が、おずおずと申し出た。

「奥方様……お召し物を拭かせてはいただけませぬか」

「は？　何のことですか」

二人目の女中が、すかさず布巾を手にして進み出る。

「畏れながら、お粉が付いておりますので……」

顔にも付いてますよ、とはさすがに言えない。

「まぁ、いつの間に」

佐和は視線を落とし、汚れた着物をしげしげ見やる。

冗談ではなく、今の今まで気が付かずにいたらしい。

すぐに拭かせるかと思いきや、佐和は何食わぬ顔でしゃもじを使うばかり。

両面が焼き上がったのを皿に取り、もう一枚を焼き始めたのだ。

「奥方様！」

「はいはい、分かっておりますよ。後から綺麗にしてくださいな」

女中たちが声を揃えて訴えかけても、佐和は平気の平左だった。

「そんなことより、あんこを早う包んでくだされ。先程から、殿様がお待ちかねなのですよ」

命じる口調は天真爛漫。

着物はもちろん、鼻の頭にくっつけたままの生地も気にしてはいなかった。

化粧っ気がないので、尚のこと子どもじみて見える。

昨年の暮れに病で倒れて以来、佐和は以前の気性を失っていた。

半蔵はもちろん、奉公人たちを叱り付けることも絶えて久しい。

しかし、佐和の変わり様を笠井家では誰一人として喜ばず、みんな暗い面持ちで毎日を過ごしている。

二人の女中も例外ではなかった。

「はい……」

「承知しました……」

女中たちはのろのろと動き出す。

見るからに、気が乗っていない。

そんな二人に注意をすることもなく、佐和は嬉々として菓子作りに励む。

「あー、いい匂いですこと……」

夫のためになりふり構わず、美味しいものを食べさせようと勤しむ姿は、世の多くの男にとって望ましい、理想の妻の有り様なのかもしれない。

だが本来の佐和は、そんな女とは別物。

以前であれば肝心の半蔵が部屋に引っ込んでしまったのに気付かず、勝手な愛情の赴くままに、菓子を拵え続けたりはしなかっただろう。

それに病む前の佐和は男顔負けに気が強く、自尊心も極めて高かった。

戦国の昔から先祖代々仰せつかってきた勘定方の役目に誇りを持ち、笠井家の当主にふさわしい婿になってもらおうと十年来、武芸は達者でも算盤は大の苦手な半蔵をびしびし鍛え、奉公人の教育にも手を抜きはしなかった。

厳しくも凜々しい佐和を尊敬し、何とか付いていこうと日々頑張っていた女中たちにとって、今の有り様は耐え難い。

病み上がりで手付きがたどたどしいのはともかく、あの類い稀な気高さを失うとは何事か。変わり果てた姿など、いつまでも見ていたくはない――。

二人の女中は共に彼女の美貌と知性に憧れ、奉公しに来た豪商の娘である。武家屋敷で働いて行儀作法を覚えるのは、富裕な商人の娘にとっては何よりの嫁入り修業。給金を貰うことなど二の次で、逆に礼金を父親が納めてくれる。

かつての佐和には、幾らでも献上する甲斐があった。

むろん、楽な環境だったわけではない。

優美な外見に似ず、並外れて気が強いことは奉公した後に思い知らされた。裕福な親に溺愛されて乳母日傘(おんばひがさ)で何不自由なく育ったため、最初は厳しい指導に付いていけず、毎日泣いてばかりいたものだが、慣れてしまえば笠井家はこの上なく、嫁入り修業に最適の場であった。

日々の教えが正しいと、身を以(もっ)て理解したからである。

佐和の指導は、決して形だけのものではなかった。

妻が家事を毎日こなすのは当たり前。何の自慢にもなりはしないし、自分は嫁の務めを果たしていますと夫や姑(しゅうとめ)に誇らしげに見せびらかすのは、ただただ浅ましい振る舞いでしかない。

むしろ夫が抱える役儀の上の悩みや、周囲との付き合いに伴う問題などを解決するために知恵を絞り、的確な助言と手助けができてこそ家は栄え、嫁いできた甲斐もあろうというもの。

今日びの若い娘には考えも及ばぬことだろうし、役に立たぬ嫁を迎えた家など勝手に滅びてしまえばいいが、縁あって奉公してきたからには、日の本の女性として正しい道を歩んでほしい――。

女中たちにしてみれば、目から鱗が落ちるが如き発見であった。

佐和は旗本の家付き娘だが、見習う点は多かった。

商家も大店になれば、有り様は武家に近いからだ。

直参旗本にとっての将軍の如く、命まで捧げる主君こそいないが、屋号を絶やさぬために後継ぎを甘やかすことなくしっかり育て、一方で奉公人の裏切りに目を光らせ、不平不満を抱かせぬように配慮をしなくてはならない。

女であっても、のんびり構えてはいられなかった。

兄や弟が愚かな場合は婿を取り、家を守っていかなくてはならないからだ。

その点、笠井夫婦は格好のお手本だった。

以前の半蔵は不甲斐なく、大きな体をいつも縮めていたものだが、この一年で顔付きが変わり、自信さえ感じさせる風貌になってきた。

佐和の厳しい教えが、ようやく実を結んだに違いない。

女中たちには、そう思えた。

しかし今の笠井夫婦には、学ぶことなど何もなかった。

一人前の当主らしくなったのも束の間、半蔵は上役の怒りを買って謹慎中。

誇り高い家付き娘だったはずの佐和からは以前の聡明さが失せてしまい、病が癒えてからの有り様はひどすぎる。見ているだけでも苦痛だった。

こんな家に、いつまでも奉公していたくはない。

「…………」

「…………」

女中たちは無言のまま、焼き立ての生地に淡々と餡をくるむ。

佐和が焼いた生地は、べっとりしていて破れ目だらけ。

かつては片手間に拵えても、ふわっと香ばしく、そのまま売り物にしてもいいのではないかと思えたものだ。

しかし、この出来では、相伴する気にもなれはしない。

暇を取る気になりつつあるのは、二人の女中だけではなかった。

「あーあ、殿様はいつまで謹慎していなさるのかねぇ……。いつまでもお屋敷に籠もりっきりじゃ、こっちも気が滅入っちまうぜぇ……」

庭を掃除している中間相手に愚痴っていたのは、一本差しの若党だった。

同じ武家奉公人でも法被姿で尻をはしょった中間と違って、武士に準じて袴を常着とすることが許されている。

用心のために帯びるのも中間は木刀どまりだが、若党は並より長めの大脇差を腰にした姿である。

このままでは武士もどきにすぎないが、あるじに認められれば侍に取り立ててもらって二本差しになれるとあって、奉公を望む者は後を絶たない。

笠井家に仕える若党も左様に信じ、日々励んできたはずだが、このところ見るからにやる気が失せていた。

「なぁ、とっつぁん。そろそろ潮時とは思わねぇか？」

「何だおめー、さむれぇになりたかったんじゃねぇのかい」

「そりゃそうだけどよ、このままじゃ埒（らち）が明くめぇ。いつ殿様の謹慎が明けるか分からねぇのを、ずっと殊勝に待っていられるかい。それに奥方様まであのざまじゃ、いよいよ笠井の御家もお終（しま）いってもんだろうさ……あーあ、俺ぁ何のために毎日頑張ってきたんだろうなぁ……」

長々と愚痴った後、若党は溜め息を吐く。

年嵩（としかさ）の中間は返す言葉もなく、箒（ほうき）で庭を掃くばかり。

と、背後から枯れ葉を踏む音が聞こえた。

何者かが、いつの間にか庭に入り込んでいたらしい。

「誰でぇ！」

中間が威嚇（いかく）の声を放つ。

若党も向き直りざまに、大脇差の鯉口（こいぐち）を切る。

なまじの武士より機敏な反応は、曲者（くせもの）が屋敷に入り込んだ場合に備え、半蔵が日頃から授けている指導の成果。

しかし、相手は殺気など向けては来ない。

庭の落ち葉をさくさく踏んで、歩み寄る足取りものんびりとしている。

「感心、感心。婿殿の教えが行き届いてるじゃないか」

真新しい深編笠の縁をひょいと持ち上げ、微笑み交じりに投げかけてきたのは労いの言葉だった。

「お、大殿様……」

「ははははは、驚かしてすまなかったなぁ」

箒を振りかざしたまま絶句する中間に、老いた武士は朗らかに告げた。

身の丈こそ並だが、体付きは引き締まっている。

足も長くはないが腿には張りが有り、腰も曲がっていない。

隠居暮らしを始めると同時に小さいながら田畑を買い求め、十年来続けてきた野良仕事で鍛えた成果だった。

それにしても、今日はいつになくパリッとしている。いつも表を出歩くときは古びた木綿の着流しに脇差が一振りのみのはずだが、今日は仕立て下ろしの袴を穿き、鞘の塗りも艶やかな大小の二刀を、きっちりと閂に帯びていた。

「久しぶりに一式誂えたんだよ。余りに身なりがだらしなさすぎまするって、奥が毎日うるさいもんでな、だったらお前さんのへそくりで何とかしてくれって銭を出させた次第よ。どうだい？　こうすりゃ俺だって婿殿に劣らず、いっぱしの剣術遣いみたいに見えるだろうが？」

得意げにうそぶきつつ、老いた武士はくるりと回ってみせる。

灰色の着物に黒の袖無し羽織を重ね、同じく墨染めの野袴を穿いている。この装いで編笠を目深に被っていれば、たしかに老練の剣客に見えなくもない。故に若党も中間も動揺を誘われ、とっさに防御すべく身構えたのだ。

敵でないのは幸いだったが、間が悪い。

この男が姿を見せたとあっては、奉公を辞める話の続きなど出来はしない。

「よ、よくお似合いにございまする……まことに、お強そうで」

度肝を抜かれた若党は、すっかり殊勝な口ぶりになっていた。

「ありがとうよ。まぁ蓋を開ければ、大根だって満足に切れやしないんだけどな……はははは」

豪快に笑い飛ばす男の名は笠井総右衛門、六十一歳。

一人娘の佐和の婿に半蔵を選び、老妻と共に屋敷を出て今年で十一年。深川の郊外に隠宅を構えて久しい、笠井家の先代当主であった。

二

半蔵は奥の座敷に戻り、麩の焼が運ばれてくるのを待っていた。

「………」

浅黒い顔に浮かぶ表情は暗い。

縁側に面した障子を閉めきり、目を閉じて思いを巡らせるのは佐和のこと。

（とみに肥えて参ったな……体の調子も良さそうなのは結構だが、気性は未だに別人の如し、か……）

思わず頭を抱えてしまうほど、半蔵の悩みは深かった。

（このままで良いはずがない……ううむ……何とすればいいのだ……）

愛妻から厳しさが失せてしまったのを、微塵（みじん）も喜んではいなかった。

もしも昨年の今時分にこうなっていれば、欣喜雀躍（きんきじゃくやく）したに違いない。

一年前の半蔵は、日々の暮らしに倦（う）んでいた。

見合いの席で佐和に一目惚れし、笠井家の婿となるのを望んだ数多の競争相手の中から総右衛門に選ばれ、駿河台の屋敷に入って歓喜したのも束の間だった。

変わらぬ愛情を抱いていても報われず、勘定職としてはもちろん、夫としても役立たずと決め付けられて、妻から厳しく叱責されるばかりの毎日に、ほとほと疲れ切っていたものである。

自慢の剣の腕前を発揮できる職場ならば、励む甲斐もあっただろう。

しかし笠井家の婿である限り、刀など無用の長物でしかない。

日々の御用に欠かせぬ算盤の扱いが、半蔵は大の苦手だった。

暗算も不得手で、非番の日に自習するようにと佐和が押し付ける算法の本など頁をめくっているだけで、すぐに頭が痛くなる始末。

数字を扱う職に、とことん向いていなかったのだ。

同じ勘定奉行配下の役目であれば、昔馴染みの武州を始めとする関八州を巡回して治安を維持する、関東取締出役が遥かに適しているのではないか——当時の半蔵は来る日も来る日も、役目が替わるのを切に願って止まなかった。

だが、笠井家は代々の勘定所勤め。

しかも戦国の昔から、算勘の才を以て徳川家に奉公してきた一族だ。

そんな家に婿入りしたこと自体が、そもそも間違っていたのである。

才色兼備の麗人に惚れ込んだのが災いし、婿である限りは隠居する日まで全うしなくてはならない、不向きな役目に就いてしまったのだ。

勝手な希望など、口が裂けても言い出せはしない。

せめて佐和が優しくしてくれれば、性に合わない役目も我慢できたはず。

されど、現実は厳しいばかり。

家庭も職場も、その当時の半蔵にとっては針の筵だった。

どんなに佐和が好きであっても、愛情は一方通行。

床を共にすることは絶えて久しく、子どもが授かる気配もない。

勘定所では何年経っても厄介者扱いされ、折からの倹約令の下では役所も油を無駄にはできぬのだぞと組頭から嫌みを言われつつ毎晩居残り、同僚たちは定時までにさっさと終わらせてしまえる量の仕事を、遅くまでかかって仕上げなくてはならなかった。

このまま砂を嚙むが如く、限りある人生を終えてしまってもいいものか。

そんな悩みの尽きない最中、今まで声をかけられたこともなかった勘定奉行の梶野良材から直々に影の御用を命じられ、腕に覚えの天然理心流を、そして亡き祖父仕込みの忍びの術を、存分に発揮できる機を与えられたのだ。

最初は半蔵が大いに喜び、良材に感謝して止まなかったのも当然だろう。

しかし、真相が分かってみれば何のことはない。

半蔵は良材に目を付けられ、便利に使われただけなのだ。

（あの頃の俺は愚かであった……。何故に気付かなんだのか……）

上手く踊らされたのが、腹立たしい限りである。

（おのれ梶野土佐守め、見事にしてやられたわ……）

半蔵は溜め息を吐いた。

口惜しいが、相手は一枚も二枚も上手。

今年で七十歳になる良材は、齢を重ねたぶんだけ老獪な策士だった。

長らく南町奉行の職に在った筒井政憲を失脚させ、左遷続きで世をはかなんでいた矢部定謙を親切ごかしに、一時だけ後任に推してやった目的も、かねてより手を組む同士の鳥居耀蔵を後釜に据えるという奸計を、周囲から怪しまれぬようにして実行に移すこと。

そこで家庭と職場で疲れ切っていた配下の半蔵に目を付け、定謙を南町奉行にするための手先として、利用しようと考えたのだ。

御庭番あがりの勘定奉行だけに、良材は計算が行き届いていた。

外部の者を雇えば金がかかるし、裏切られたときの後始末も面倒だ。

しかし勘定所の配下ならば微々たる手当で使役できるし、適当な理由を付けて表の御用を休ませれば、あちこちへ派遣しても差し支えない。

言うことを聞かなくなっても、心配するには及ばなかった。

とりあえず謹慎させ、逆らい続ければ御役御免にするぞと脅せば、秘密を黙らせるのも容易いからだ。

すべて最初から計算した上で、良材は半蔵に影御用を命じていたのだ。

（俺は間抜けだ。とんだ愚か者だったのだ）

障子越しの西日がまぶしい。

（くそっ！）

目を閉じたまま、半蔵は己の頭を小突く。

「ううっ……」

わが身の愚かさを悔いる余りに、強く叩きすぎたらしい。

自分で頭を引っぱたき、倒れてしまっては間抜けすぎるというものだ。

（辛抱せい、笠井半蔵。あの峠にて九死に一生を得た折と比ぶれば、これぱかりのことなど、蚊に刺されたほどでしかあるまいぞ……）

半蔵は良材にまんまと騙され、想像を遥かに超える苦役だった八州廻りもどきの役目までやらされて、危うく一命を落としかけたことがある。

そして、とうとう謹慎の憂き目を見るに至ってしまったのだ。

「………」

半蔵は深々と溜め息を吐いた。

汚い企みに気付いた今となっては、口惜しい限りだった。

しかし、そんな半蔵にも救いはある。

当初は一番の悪人と見なされた矢部定謙が、蓋を開ければ最も真っ当な人物と実感するに至ったからだ。

矢部駿河守定謙は、当年五十四歳。

有事に幕軍の先鋒を仰せつかる御先手組の旗本の子に生まれた定謙は、三十代の若さで火付盗賊改の長官を務めたほどの猛者。自ら捕物の先頭に立って凶悪な盗賊どもを相手取り、在りし日の長谷川平蔵さながらに恐れられたものだった。

そんな暴れん坊も齢を重ね、南町奉行の座に就いた後は厳しすぎる公儀の倹約令に真っ向から異を唱え、北町奉行の遠山景元と共に、庶民の暮らしを守るために力を尽くした。

老中首座の水野忠邦にしてみれば、目障りなこと極まりなかったに違いない。

贅沢禁止の一環として人気の歌舞伎芝居の江戸三座を移転させたり、盛り場の各種出し物を取り締まることを、ことごとく反対されたからだ。

もとより、忠邦と定謙は水と油だった。

臣民に犠牲を強いるのも顧みず、幕政に参加したい一念の赴くままに若くして出世を重ねてきた大名と、苦労人の旗本の相性がいいはずもあるまい。

しかも、忠邦は執念深い。

まだ若手の一老中の頃、家斉公から問われた西ノ丸の改修工事費の概算が甘いことを勘定奉行だった当時の定謙に指摘されて恨みに思い、後の報復人事で閑職にばかり廻したものだ。

有能な者は私怨など抜きにして活用するのが、人の上に立つ身の正しい姿勢。齢を重ねた上ならば、尚のことだ。

しかし、忠邦はそうしなかった。懐刀の耀蔵が町奉行の職を望んだのを幸いとばかりに、庶民の人気が高かった定謙をあっさり罷免するほど、未だに嫌って止まずにいるのである。

半蔵にしてみれば、呆れるばかりの話だった。

(天下の老中首座ともあろう御仁が、どこまで愚かなのか……)

そう思わずにいられない。

それでいて、定謙に寄せる信頼は揺るがない。

出会いこそ最悪だったが、立場の違いを超えて交誼を結んで以来、何かと誤解を受けやすい点も愛すべき長所と思えるほど、敬愛して止まずにいる。

とはいえ、決して定謙が聖人君子であるとは思っていなかった。

西ノ丸留守居役や小普請支配だった頃の荒んだ暮らしぶりは酷すぎたし、自棄を起こしてのこととはいえ、自分の代わりに勘定奉行となった良材を恨んで亡き者にすべく、家士の一団を差し向けたのも常軌を逸した所業であった。

もっとも、あの折に凶行を防いだことが全ての始まりだったのだが――。

（お奉行……いや、駿河守様は息災にしておられるのだろうか……）

ふと半蔵は不安になった。

仁杉五郎左衛門の自害の余波が、定謙の身にも及ぶのではないか。

そう思えてきたのである。

五郎左衛門と定謙の間には、因縁があった。

南町の名与力が公儀の御用に乗じて汚職を働いたと、一番最初に告発したのは他ならぬ定謙なのだ。

忠邦の不興を買って勘定奉行の職を失い、西ノ丸留守居役に廻された定謙は表舞台に返り咲こうと躍起になっていた。

そこで起死回生の一手と思って目を付けたのが、かつて五郎左衛門が関与した御救米調達の件だったのだ。

米の調達を任せた米問屋の手代たちが公金を使い込んだのを許し、損失を密かに穴埋めしてやった事実を最初に突き止めたのは、勘定奉行だった当時のことと半蔵は聞いている。

当初は見逃すつもりでいたのを告発するに至ったのは、さすがに豪気な定謙も忠邦の報復人事で気が滅入り、長らく現職にとどまる筒井政憲を蹴落としてでも南町奉行の職を得ようと思い詰めたが故だった。

しかし、そのときの訴えは目付の職に在った耀蔵によって握り潰され、表沙汰にはならなかった。

結果としては、取り上げられなくてよかったのだ。

後に閑職から一転し、晴れて南町奉行となった定謙は、汚職の件を蒸し返そうとはしなかった。五郎左衛門が配下としては極めて有能な、南町奉行所の運営に欠かせぬ人材と分かったからだ。

葛藤した末のことだったとしても、公平な判断と言えよう。

ところが、耀蔵は定謙ほど寛容ではなかった。

目付の権限で五郎左衛門を捕らえて牢屋敷送りにしたばかりか、配下の与力の管理が不行き届きだったと決め付けて定謙を失脚させ、自分は涼しい顔で後任の南町奉行となったのだ。

耀蔵が町奉行の座に就けば、同じ穴の貉である良材も仕事がやりやすい。

結果として、得をしたのは悪党ばかり。

果たして、これから江戸はどうなるのか——。

半蔵は危機感を募らせていた。

目付だった頃の人脈を保ちつつ耀蔵は南町奉行の威光を振りかざし、忠邦の意のままに倹約令を徹底する一方で、風紀の粛清や無宿人狩りを推し進めていた。

庶民の味方として支持の厚い景元も、北町奉行では耀蔵より格下のため、余り強くは出られない。

江戸の今後も気にはかかるが、最も案じられるのは定謙の安否だった。

耀蔵は蝮と異名を取った、執念深い男である。

ひとたび邪魔者と見なせば徹底して追い込み、命を奪うことも辞さないのは蛮社の獄で証明済みだ。

定謙も職を追われ、無役にされただけで済むとは考えがたい。

抹殺されてしまってから、悔いても遅い。

危険が迫っているのなら、何としても護りたい。

「…………」

半蔵は無言で立ち上がった。

箪笥（たんす）の奥から出してきたのは、黒羽二重（くろはぶたえ）の着物。

武骨な半蔵には似合わないと思いきや、日に焼けて色あせた古着だった。

なればこそ変装するのに向いていると見なし、買い求めておいたのだ。

半蔵は畳紙（たとうがみ）を開き、着物を拡げた。

指こそ太いが、手さばきは繊細。元は上物だったのがすっかり色あせてしまった一着をきちんと畳み直し、風呂敷に包む。

と、大きな手の動きが止まった。

今日はまだ、お八つを済ませていないことを思い出したのだ。

支度中の佐和を放っておいたまま、屋敷を抜け出すわけにもいくまい。

されど、定謙の安否も気にかかる。

何としたらよいものか――。

風呂敷包みを抱えたまま、半蔵は思案に暮れる。

そこに予期せぬ客が現れた。

「居るかね、婿殿」

障子越しに聞こえてきたのは、潑剌とした声。

半蔵の返事も待たず、総右衛門は座敷に入って来た。

「こ、これは義父上」

「そのまま、そのまま」

気のいい笑みを絶やさぬ総右衛門の前に、半蔵は慌てて跪く。

「年の瀬よりこの方、重ね重ね申し訳なき次第にございまする……」

平身低頭になるのは、理由があってのことだった。

謹慎の処分を受けた件は、もちろん早々に知らせてある。

婿の身で代々の職に泥を塗ったのは、たしかに取り返しのつかない失態。

しかし、その儀については総右衛門もやむを得ぬことと認め、口うるさい義母を説き伏せてくれてもいた。

それより問題なのは、佐和の容態が未だに改善していないことだ。

天下に自慢の一人娘から持ち前の知性が失せ、容色も衰えてしまった理由が婿の与えた心労とあっては、親として立腹するのは当然至極。

下手をすれば縁を切られて、笠井の家からも追い出されかねない。何しろ夫婦の間には、まだ子どもがいないのだ。

しかし半蔵は、屋敷を出たくはなかった。

どうなろうとも、佐和は無二の妻である。

今の有り様が耐えがたく、世話をしていて辛くもなるが、決して見放したわけではない。影御用に血道を上げ、危険を顧みずに佐和を心配させたことが倒れた原因であることも、十二分に自覚していた。

なればこそ、護る役目を余人に任せたくはない。

謝って済むのなら、幾らでも土下座をしてみせよう――。

「何卒お許しくださいませ。このとおりにございまする」

大きな体を屈ませて、半蔵は深々と頭を下げる。

と、頭の上から淡々とした声が聞こえた。

「そろそろ気が済んだかい、婿殿」

「は？」

「満足したのなら、早いとこ頭を上げな」

「さ、されど義父上」

「早くしなよ。このまんまじゃ、話もできないだろ？」

告げると同時に、総右衛門は半蔵の肩に手を掛ける。

放っておいては埒が明かぬと判じて、抱え起こそうと試みたのだ。

「た、ただいま元に直りまする」

半蔵は慌てて上体を起こした。

「おっとっと、急に戻るなって……」

弾みで転びそうになりながら、総右衛門は踏みとどまる。

「ったく、お前さんはでかぶつだなぁ。俺もその肩の辺りまででいいから、背が伸びてほしかったもんだぜ」

「ご、ご冗談を」

「ははは、やっと笑ったな」

半蔵が苦笑するのを見届けて、総右衛門も白い歯を覗かせる。還暦を迎えても入れ歯の世話になることなく、日々を壮健に過ごしていた。

三

二人は改めて向き合い、腰を下ろした。

「大の男がむやみにぺこぺこするのはみっともないぜ。たとえ相手が義理の親父だろうと、誇りってもんを忘れちゃいけないよ」

「も、申し訳ありませぬ」

「分かりゃいいのさ。分かれば、な」

総右衛門はにっこり微笑んだ。

「恐れ入りまする……」

笠井家に婿入りして以来、半蔵は義父に頭が上がらずにいる。

厳しいから逆らえぬのではなく、むしろ総右衛門は甘かった。

本当に佐和の父親なのかと思えるほど万事に鷹揚(おうよう)で、うるさく言わない。

それでいて見るべき点には、きちんと目配りをしているから油断は禁物。

「ちょいと腕を上げたかね、婿殿？」

「剣術のことでありますか、義父上……」
半蔵は気まずそうに問い返す。
謹慎中で試衛館に通えずにいて、上達するはずがないからだ。
他ならぬ三村左近から、戦いの最中に指摘されたことである。
忘れがたい、苦い記憶であった。
その気になれば斬れたはずなのに、なぜ左近は戦い半ばで去ったのか。
牢屋同心たちに見つかったぐらいで動揺するほど、あの男は甘くない。
未だに半蔵のことを、好敵手と思っているのか。
なればこそ命までは奪うことなく、黙って見逃したのだろうか――。
半蔵の成長を期していたのは、総右衛門も同様だった。
「ヤットウじゃないよ。算法のことさね」
視線を向けた先には、半蔵の文机が置かれていた。
掃除の行き届いた机の上には『塵劫記』。
以前に佐和から基本の課題として与えられた、算法の書だ。
あちこち付箋が挟んである上に、開き癖と手垢がべったり。ただ所有しているだけではなく、熱心に目を通しているのが分かる。

「投げ出さずに取っ組んでるらしいなぁ。感心、感心」

「お、恐れ入りまする」

「まぁ、のんびりやりなよ。佐和との付き合いも、な」

「………」

半蔵は黙り込む。

そこに、廊下を渡る足音が聞こえてきた。

「失礼いたしまする、お前さま」

佐和である。女中たちに任せることなく、自らお八つを運んできたのだ。

障子を開けたとたん、佐和は驚きの声を上げた。

「あら父上、いつの間にお越しになられたのですか？」

「ははは、ちょいと驚かせようと思ってな」

「まぁ、お人の悪いこと」

にこにこしながら佐和は座敷に入ってくる。

一見したところ、具合が悪そうには見えない。

それでいて、持ってきたのはひどい代物だった。

「こいつぁ何だい、佐和？」

「麩の焼でございまする。中身は父上もお好きな小豆のあんこなのですよ」

「そ、そうなのかい」

「懐かしいでありましょう。どうぞお召し上がりくださいな」

「……うーん……」

総右衛門はげんなりした顔で、差し出された皿を見やる。

焦げている上に破れ目だらけ。

料理も上手だった娘が拵えたとは、とても思えない。

一方の半蔵は、真面目な顔で総右衛門を促した。

「義父上、どうかお先に」

「あ、ああ……」

恐る恐る手を伸ばしたのに続いて、半蔵も黒文字を取る。

見守る佐和は興味津々。問いかける口調も期待に満ちていた。

「いかがですか父上、お前さま」

「うん……まぁまぁだな」

「まことに美味ぞ、佐和」

二人はそれぞれ笑みを浮かべる。

たしかに、味はそれほど悪くなかった。

つい先頃までは何を拵えても砂糖と塩を取り違えたり、水加減を誤ったりして見栄えも味も酷い有り様だったものだが、今日の麩の焼はまずまずの出来。

薄い皮でくるんだ餡もしっとりとしていて、ほのかな甘みが申し分ない。

愛妻の具合は、徐々に良くなりつつあるに違いない。

そう信じられるだけの出来だと、半蔵には感じられた。


佐和は嬉々として空の器を下げ、座敷を去った。

半蔵と総右衛門は、食後の茶を喫しながら言葉を交わす。

「佐和の奴、料理の腕はだいぶ戻ってきたな」

「それがしも左様に存じまする」

「まぁ、皮はひでぇもんだったが……あんこはよく練れていたよ。あれも佐和が自分で炊いたんだろう？」

「女中どもに任せることを嫌がりますので……先だっては焦がしてしもうて目も当てられませんでしたが、本日の出来は上々にございました」

「だったら心配あるめぇ。これからは良くなる一方だろうさ」

「はい」

「それはそうと、化粧っ気がないのは相変わらずだなぁ」

「どうしたことか、華美に装うのを嫌がるようになりまして……。髪だけは女中に毎日結わせておりますが、白粉も紅も頑として受け付けませぬ。医者の診立てによりますと、余りに衆目を惹きすぎるのに嫌気が差したが故とのこと。外出を嫌がるようになったのも、同じ由にございます」

「成る程なぁ……その医者ってのは、女なのかい？」

「左様にございまする、義父上」

「やっぱりな。ははは、さすがは女同士だ」

総右衛門は膝を打って感心した。

「他には何か言われなかったのかい、婿殿」

「は……」

「隠してもらっちゃ困るな。俺はあれの父親なのだぜ？」

「……されば、申し上げまする……」

半蔵は恥ずかしそうに口を開いた。

「それがし以外の男に、じろじろ見られたくないそうで……」

大きな体に似合わない、消え入りそうな声だった。

「ははは、そんな診立てをされたのかい」

総右衛門は明るく笑った。

「それを聞いて安心したよ。いかにも佐和が考えそうなことだろうぜ」

「まことですか、義父上？」

半蔵は不思議そうに問い返す。

どうして総右衛門は男の身で、そう言い切れるのだろうか。

答えはさらりと返された。

「あいつが人目を嫌がるのは、今に始まったことじゃない。小さい頃には甚だしかったもんだよ。身内にだってお愛想を言うどころか、にこりとしたことも一遍だってなかったからな。さすがに大きくなったらそうもしていられないし、後ろ指をさされるぐらいなら、ってんで身なりにも立ち居振る舞いにも、人一倍気を遣うようになったもんだが、病にかかったせいで子どもの頃に戻っちまったんだろうなぁ。俺は、そう診立てるぜ」

「………」

初めて耳にする話だった。

唖然(あぜん)とする半蔵に、総右衛門は続けて語りかける。

「親が言うのも何だが、佐和は別嬪(べっぴん)すぎる姿形に生まれちまった。おまけに頭も切れるとなりゃ、目立つのは当たり前さ。世の中には見られたい、構われたい奴が大勢居るのにな……。俺やお前さんだって、そっちのほうだけどな」

「それがしにつきましては仰せのとおりにございまする、義父上」

「おいおい、すんなり認めてどうするんだい」

総右衛門は苦笑した。

「出来過ぎの娘を追い越せとまでは言わねぇが、せめて追い付こうって素振りぐれぇは早いうちから見せてほしかったぜ。なぁ婿殿」

「か、重ね重ね面目次第もありませぬ」

「冗談、冗談だよ」

しゅんとなる半蔵に語りかける総右衛門の口調は優しい。

「俺は最初っから不満なんかありゃしないよ。だけど母親は昔っから、お前さんに嫌みたらたらだっただろ? ただでさえキツい娘が、婿を迎えて一層手に負えなくなったって……今だから言えるこったが、俺たちが屋敷を出たのも、目を吊り上げてばっかりいる佐和を見てるのが辛くなったからなんだよ」

「何と……」

半蔵は返す言葉がなかった。

義父と義母が駿河台の屋敷を出たのは、夫婦水入らずの暮らしを楽しむため。

今の今まで、そう信じていたのである。

しかし、実態は違った。

迎えた婿が不出来に過ぎたのが、真の理由だったのだ——。

呆然自失の半蔵に、総右衛門が穏やかに告げてくる。

「言っちまった後で何だが、気にしなさんな」

「さ、されど」

「いいんだよ。もう悩みの種はなくなったんだから。お前さんにとっても、俺たち親にとっても……な」

総右衛門の口調は、あくまで穏やか。

声を荒らげることなく、半蔵に胸の内を語っていた。

「佐和の奴、さぞ辛かったことだろう。今はあいつも楽なんじゃないのかい？」

「…………」

「見てくれが少々まずくなったぐらいは仕方あるめぇ。辛抱してくれよ、婿殿」

「め、滅相もございませぬ」

「俺はこれでよかったと思ってるよ。愚妻もお前さんには相変わらず冷たかろうが、ほんとは安心しているのだぜ。やっと娘が穏やかになってくれたってな」

総右衛門の笑顔に嫌みはなかった。

「いろいろあったが、お前さんを婿に選んでよかったよ。半蔵さん」

「恐れ入りまする……」

半蔵は深々と頭を下げた。

恐縮しなければならない理由は、今一つある。

仁杉五郎左衛門のことを、救えずじまいだったからだ。

かねてより総右衛門は旧知の五郎左衛門が牢屋敷に送られたのを案じ、半蔵に様子を見てほしいと頼んでいた。

牢破りをさせてやってくれ、とまで言われたわけではない。

まずは安否を確かめ、無実であれば北町奉行所とのつながりを活かして、身の潔白を証明するために動いてほしい、という程度のことだった。

御庭番あがりの祖父譲りの忍びの術の遣い手だからといって、警戒の厳しい牢屋敷に忍び込めと強制されたわけでもなかった。

それでも、半蔵は自分を責めずにいられない。

総右衛門は義理の父親として、実に出来た人物だ。

佐和と見合いをさせた数多の競争相手の中から剣術しか能のない、それも江戸市中では無名に等しい流派を学んだ半蔵を敢えて選び、子が授からぬまま年月が経っても離縁をさせず、黙って見守ってくれていた。

この恩に報いなくては、罰が当たる。

しかし、半蔵は総右衛門の頼みを叶えることができなかった。五郎左衛門との接触を阻まれ、ついに自害を止められなかったのだ。

どれほど文句を言われても、仕方があるまい。

だが、総右衛門は一言も責めようとはしなかった。

「いい加減に頭を上げなよ、婿殿」

「は……」

そう言われても、半蔵は迷うばかり。

と、総右衛門が思わぬことを言い出した。

「ところでお前さん、明日から出仕できるかい」

「は？」

半蔵は耳を疑った。

総右衛門は相も変わらず、にこにこしている。

「もちろんお奉行は承知の上だ。大手を振って行くがいいぜ」

「ち、義父上が、話を付けてくださったのですか!?」

「違うよ。骨を折ってくれたのは俺じゃなくて、組頭さ」

「何と……」

半蔵の上役である組頭は、かつて総右衛門の同僚だった男。何であれ他人と事を構えるのを嫌がり、派閥というものに与しない人物だ。

そんな組頭が先に隠居した朋輩の頼みを受け入れ、一筋縄ではいかない良材を説き伏せて、半蔵の謹慎が解けるように取り計らってくれたというのだ。

「あの御方が、拙者のために……」

「あいつも、ただの老いぼれじゃないってことだよ」

総右衛門はしみじみ言った。

「お前さんはただの日和見な爺さんとしか思っちゃいなかっただろうが、あれで若い頃はなかなか骨のある野郎でな、俺と一緒に体を張って、勘定吟味役の不正を暴いたこともあるのだぜ。そんな真似をしたのが災いして出世ができず、組頭どまりにされちまったんだけどな……」

「………」

「男にとって、職場ってのはそのぐらい大事なもんだよ。上の奴が愚かなら知恵を絞って何とかするし、下の者が理不尽な目に遭っていたら、できる限り救いの手を差し伸べずにいられねぇのさ」

「義父上……」

「お前さんには佐和を大切にしてもらいたいのはやまやまだが、組頭殿のこともしっかり支えてやっておくれ……。何しろ仁杉と違って、あいつはまだ生きてるんだからなぁ」

「心得ました」

改めて、深々と頭を下げる半蔵であった。

四

そして翌朝、半蔵は久しぶりに出仕した。

「いってらっしゃいませ、お前さま」

見送る佐和の顔には安堵(あんど)の笑み。

病に倒れて記憶の一部を失ったため、以前はあれほど誇りにしていた、笠井家が代々の勘定所勤めであることを覚えていない。

それでも夫が年の瀬に謹慎の処分を受け、新しい年を迎えてもしばらく出仕ができずにいたことは承知していた。

晴れて復職が叶ったとなれば、もはや甘えなど口にしない。

仕事に出かける父親を送り出すかの如く、嬉々としていた。

病状を改善に導く上でも、謹慎が解けたのは幸いだったと言えよう。

その上で今一つ、半蔵は試みたことがある。

昨夜は久しぶりに、佐和と床を共にしたのだ。

病に倒れて以来、長らく絶えていた営みだった。

佐和を診察してもらっている女医から、かねてより許しは出ていた。

にも拘わらず、半蔵が昨日まで躊躇していたのは、妻の振る舞いが未だに退行したままだったからだ。余計な刺激を与えて怒らせたり、怯えさせてしまっては元も子もあるまいと思い、恐れてもいた。

しかし、いつまでもこのままにはしておけまい。愛情の赴くままに求めたい。

佐和は童女とは違う。三十路も間近の成熟した女人であり、自分の妻なのだ。

もちろん、嫌われていては指一本触れられない。

不安を抱きながらの同衾だったが、佐和は半蔵を拒みはしなかった。

驚きながらも拒絶することなく、すべてを受け入れてくれた。

今朝の佐和は、どことなく艶やかな面持ちだった。自ら女中たちに頼んで化粧を施してもらったのも、久しぶりのことであった。

「行って参るぞ」

佐和が袖にくるんで差し出す刀を受け取り、半蔵は溌剌と屋敷を後にする。

愛妻が快方に向かいつつあるのは、もちろん嬉しい。

気分が上向きになれば、自ずと働く意欲も湧いてくる。

謹慎を解くために曲者の良材を説き伏せてくれた組頭、そして総右衛門のためにも、労を惜しまず励みたかった。

その上で、やらねばならないことがあるのを忘れていない。

仁杉五郎左衛門の死の真相を、突き止めるのだ。

五郎左衛門を捕らえた公儀の目付は、病による急死と公表していた。

しかし、あれほどの人物が牢暮らしに耐えかねて、自ら命を絶ってしまうとは考えがたいことだった。

無実であったのならば尚のことで、何としてでも生き延びて、汚名を雪ごうとしたに違いない。

目付も牢屋敷も、何かを隠している。

半蔵はそんな気がしてならなかった。

高田俊平に、任せきりにはしておけまい。

年下の剣友が信じられぬわけではなかったが、俊平はまだ若く、後先を考えずに突っ走る危うさがある。宇野幸内という後ろ盾が居り、半蔵も旧知の政吉が側に付いているとはいえ、何をしでかすのか分からない。

だからといって、余計な手出しをする気はなかった。

俊平は俊平で、懸命なはずだからだ。

かねてより鳥居耀蔵の一派と争い、三村右近との間には因縁もある。

子どもではないのだから、蒔いた種は自分で刈り取らせるしかない。

南町奉行所を追われた右近が誰憚らずに牙を剝き、襲ってきたとしても、俊平には自力で撃退させるしかない。

その点は、半蔵も同じだった。

こちらには、左近という強敵が控えている。

双子の弟の右近より上を行く、最強の敵だ。

謹慎が解け、表に出るようになったからには、いつ挑まれてもおかしくない。

出仕の行き帰りであろうとも、相手はお構いなしのはずだ。

（俺も油断は禁物ぞ……）

半蔵は油断なく気を張りつつ、朝もやの漂う中を独り行く。

中間と若党は、屋敷に置いてきた。

半蔵には日頃から、奉公人を同行させる習慣がなかった。宿直を命じられて着替えが入り用なとき以外、荷物を持たせる必要もないからだ。

だが、今はそんな折でも伴わせたくはない。

半蔵と一緒に居ては、足手まといになってしまう。

多少は手ほどきをしてあるとはいえ、中間も若党も、左近の手にかかれば一刀の下に斬られるのがオチだろう。

誰も巻き添えにはしたくない。

敵の目は、自分だけに向けさせておきたい。

そのためには、独りきりで出仕するのも苦にならなかった。

公儀の勘定所は、二箇所に設けられている。

半蔵が勤務する下勘定所があるのは、江戸城の大手御門内。

組頭は常の如く、朝早くから用部屋に来ていた。

梶野良材に合わせた行動である。

勘定奉行はいつも夜が明ける前から下勘定所に顔を出し、組頭と打ち合わせを済ませた上で、江戸城中の御殿勘定所に出仕する。再び戻るのは、午後になってからのことだ。

「おお笠井、早いのう」

「お久しぶりにございまする」

「よくぞ参ったの」

「何事も、組頭様のおかげにございますれば……」

「うむ、うむ」

組頭は目を細める。

気のいい笑顔で迎えられれば、士気も上がるというものだった。

それから日が暮れるまで、半蔵は勤めに励んだ。

机に向かって算盤を弾き、求めた値をまとめていく。

単調でありながら誤りを許されぬ作業だった。勘定が合わなければ、幾度でもやり直さなくてはならない。

勘定所に勤めて十一年、どれほどやり直しをしたことか——。

ふっと半蔵は笑みを浮かべる。

「何じゃ笠井、にやにやしおって」

「美人の奥方のことでも考えておるのだろうよ。はっはっはっ」

同僚たちのからかいも懐かしかった。

一日の勤めを終え、半蔵は下勘定所を後にした。

夕闇の迫る中、風呂敷包みを抱えて向かった先は呉服橋。

北町奉行所のお膝元の一画に、その店は在った。

屋号は『笹のや』。朝は一碗十六文で日替わりの丼物、夜は酒と肴を手頃な値で供することで人気の煮売屋だ。

まだ縄暖簾は出ていなかった。

からりと障子戸を開け、半蔵は土間に立つ。

「あら、旦那！」

お駒の明るい声が飛んできた。

童顔一杯に浮かべた笑顔が懐かしい。

板場から梅吉も顔を見せる。

こちらも斜に構えた二枚目ぶりが健在だった。

「しばらくだったなぁ、旦那」

「サンピンとは呼ばぬのか」

「へっ、止せやい」

梅吉が苦笑した。

微禄ながら直参旗本である半蔵のことを梅吉が嫌い、何かにつけて憎まれ口を叩いたのも過去の話。久しぶりの再会をお駒と共に、心から喜んでいた。

「されば、着替えをさせてもらうぞ」

「どうぞ、どうぞ。自分の家だと思ってさ、存分に使っておくれな」

「かたじけない」

お駒に笑みを返し、半蔵は階段を上っていく。

謹慎が解けたことは昨夜のうちに、使いを頼んで知らせておいた。

今でこそ気の置けない間柄だが、この二人、かつては半蔵の敵だった。

矢部定謙を仇と見なし、付け狙っていたからである。

二人の親は盗賊だった。

お駒の父親は、夜嵐の鬼吉と異名を取った大物。

梅吉の父親はその片腕で、霞の松四郎と呼ばれた出刃打ちの名手。

鬼吉を親分、松四郎を小頭とする一味は、火盗改の長官を務めていた若き日の定謙の手にかかり、全滅していた。

幼くして難を逃れ、いっぱしの盗っ人に成長したお駒と梅吉が、定謙を親の仇と狙ったことは、逆恨みながら分からなくもない。

しかし、半蔵は見逃すことができなかった。

最初の影御用が定謙の警固だった以上、お駒と梅吉を敵と見なし、退けたのは当然だろう。

にも拘わらず、命まで奪わなかったのは、悪人と思えなかったからである。

つくづく見逃してよかったと、半蔵は思う。

お駒の実の父親は、定謙と分かったからだ。

定謙は若くして妻を娶ったものの、子宝に恵まれずにいた。

出来心で手を付けた女中がもしも男の子を産んでいれば本妻を説得し、手許に引き取っていたかもしれない。

だが生まれたのは女の子だったため、お駒は母親ともども屋敷を追われた。

そして鬼吉に引き取られ、盗賊の頭の娘となったのだ。

お駒の立場になって考えれば、定謙を許せぬのも無理はあるまい。

孕ませた母親を屋敷から非情にも追い出し、知らなかったとはいえ義理の父親を斬って捨て、残された母を絶望させて自害に追いやった相手となれば、二重三重に恨みを募らせるのも当然だろう。

それでも、血を分けた同士で殺し合いはさせたくない。

間に入った半蔵の説得の甲斐あって、お駒はだいぶ落ち着いてきた。

定謙にも事情というものがあり、好んで酷い真似をしたわけではないと、理解を示しつつもあった。

とはいえ、お駒も梅吉も、完全に仇(あだ)討ちを諦めたわけではなかった。

どのような形であれ、いずれ決着を付けさせなくてはならないことは、半蔵も分かっている。

なればこそ、定謙を他の者に空しくさせるわけにはいかないのだ。

幕府のお偉方が相手といえども、退(ひ)いてはなるまい。

理不尽な罪を着せられて、詰め腹を切らせるぐらいならば、実の娘の手で引導を渡させたほうがいいだろう。

もしも耀蔵が引き続き定謙を追い込むとすれば、五郎左衛門の管理不行き届きをネタにするに違いない。

配下の与力が汚職を働いた上に自害するとは不届き千万と決め付け、その責任を問うという形で捕らえさせ、あらぬ罪を着せることは十分に考えられる。

もちろん南町奉行の立場では、大身の旗本を裁くことなどできはしない。

しかし公儀の目付衆には、未だに耀蔵の息がかかっている。旗本と御家人の行状を監察する権限を有する彼らを動かし、定謙を連行させてしまえば、後は意のままに料理できる。

そんな勝手を許してはなるまい。

謹慎が解け、自由に出歩けるようになったのを幸いとし、先に五郎左衛門の死の真相を突き止めるのだ。

(今こそやらねばなるまいぞ……)

意を決し、半蔵は階段を上っていく。

店の二階に上げてもらうのは、久しぶりのことだった。

板張りの床は掃除が行き届いていた。

塵ひとつない床に立って裃を外し、半袴を脱ぐ。

襦袢だけの姿になり、持参の風呂敷包みから取り出したのは日に焼けて羊羹色になった黒羽二重。以前に古着屋で買い求めた、変装用の一着だった。

着替えを済ませた半蔵は、天井の羽目板を外しにかかる。

屋根伝いに表へ出られる細工は、お駒と梅吉が密かに施したもの。

半蔵は二人が煮売屋を営みながら盗みを働くのを止めさせた上で、二階の備えを影御用のために使わせてもらってきた。

もちろん、今宵の隠密行は命じられたことではない。

半蔵自身の意志で、真実を突き止めるために臨むことだ。

日常に不満を抱き、疲れ切っていた頃の半蔵を騙し、もっともらしく影御用と称して悪事の手先を務めさせていた良材の腐った思惑になど、二度と乗せられるつもりはなかった。

江戸の冬は、年が明けてからが本番だ。

暦の上で春を迎えても、依然として寒さは厳しい。

今宵も空気は冷え切っていた。

(ううむ、梅吉に温石を用意してもらうべきであったか……)

屋根から地面に降り立ち、半蔵はぶるっと身震いする。

ともあれ、行動を始めなくてはならない。

夜陰に紛れて、向かった先は数寄屋橋。

まだ夜四つ（午後十時）前なので、町境の木戸は閉じられていない。

呉服橋から数寄屋橋は目と鼻の先。

下手に忍び装束をまとうよりも浪人者を装い、さりげなく近付いたほうが不審には思われぬし、いざとなれば半蔵は身軽に動ける。

だが、その男は少々手強いと見なさざるを得なかった。

「お、おぬしは……」

「久しぶりだな、笠井半蔵。謹慎が解けたらしいの」

行く手に立ちはだかったのは、三村右近。

黄八丈と巻羽織から、粋な着流し姿に様変わりしていた。

「うぬが如きに何ができる？　妙な真似は止めておけい。はははは……」

高みに立って嘲笑する態度は、常にも増して高慢そのもの。

町方同心の立場を失ったことなど、まったく堪えてはいなかった。

第三章　男たちの覚悟

一

「臆したか、うぬ？　何ぞ言うてみよ」

にやにやしながら、右近は半蔵に呼びかける。露骨な挑発だった。

なまじ顔立ちが整っているだけに、憎々しさも人一倍。

士気を萎えさせようとする意図が、ありありと見て取れる。

「…………」

半蔵の我慢は限界に近付きつつあった。

浅黒い顔が険しさを増していく。

それでも乗せられてはなるまいと、懸命に耐えている。

こうして相手を挑発し、調子を狂わせた上で返り討ちに仕留めるのは、右近のいつもの手口。わざと怒らせて呼吸を乱し、生じた隙を突くのだ。

何とも卑怯なやり方だった。

正攻法では太刀打ちしかねる強敵が相手であれば、まだ分かる。上意討ちや親の仇討ちなどを果たす必要に迫られ、やむなく策を用いるのも有りだろう。

だが右近は腕が立つくせに、こうした手口を好んで弄するから質が悪い。

しかも自分より明らかに技量の劣る相手も同様に挑発し、散々いたぶった末に斬って捨てるのだから、卑劣なこと極まりない。

未熟な相手には刀を鞘に納めたまま応じ、気迫で圧倒するに止めて命までは奪わず退散させるのが、武士の情けとされている。右近はそんな美徳など求めるべくもない、性根の腐りきった男なのだ。

とはいえ、半蔵を甘く見ているわけではなかった。

いつでも斬ってしまえる、弱い相手だったのは過去の話。

真剣勝負の場数を踏んで生き延びた、半蔵の実力は今や本物。

一年前の半蔵は道場での立ち合いは強くても、いざ本身を持つと思うようには動けず、苦戦を強いられるばかりだった。

しかし今では状況に応じて刃引きと本身を使い分け、必要となれば真剣勝負に臨むことも辞さない。

昨年の十万坪においての決闘で、右近との格差は完全に逆転した。

甘く見れば無事で済まないことは、当人が重々承知の上。

故にしつこく挑発し、怒らせようと懸命なのだ。

「どうした笠井？　小洒落た黒羽二重など仕立ておって。何？　色褪せた古着なのだから構うてくれるな、だと？　それでも分不相応に変わりあるまい。そも羽二重とは白皙の美男子が装うてこそ映えるものぞ。うぬが如く色黒で身の丈が大きいばかりの輩がめかしこんだところで、笑われるだけなのが何故に分からぬのか。見ておるほうが恥ずかしいわ、この木偶の坊め！」

まさに悪口雑言だった。

ここまで言われれば激昂し、我を見失っても不思議ではあるまい。

されど、半蔵は無言のまま。

太い眉が釣り上がったのは、矛先を変えられてからのことだった。

「うぬが妻女、まだ本復しておらぬのだろう？　旗本八万騎の家中随一の佳人と謳われたのも今は昔、呆けてしもうては話になるまい。なまじ才色兼備と誉れを取ったのが仇となったのう。ははははは」

「む……」

「何とした？　うぬ、震えておるではないか」

「…………」

「妻が可愛くば、早う帰ってやるがよかろう。今のうちなら見逃してやるぞ」

「おのれ……」

半蔵の表情が険しさを増していく。

夜道を行き交う者はなく、提灯の明かりも見当たらない。

通りの左右に立つ町家の住人たちも油を惜しみ、疾うに眠りに落ちた後。

何事も、倹約令のしわ寄せである。

年の瀬に罷免された矢部定謙に代わって鳥居耀蔵が南町奉行となり、奢侈禁制が強硬に推し進められるようになって以来、夜が更けるまで出歩いて酒食遊興に興じる者は激減した。油も蠟燭も値上がりする一方で、気軽に夜長を楽しむことなどできなくなって久しい。

半蔵と右近を照らしているのは、淡い月の光のみ。

戦うのに不都合はない。

もとより夜目が利く二人にとっては、十分な明るさだった。

「来るか、笠井？」

嘲りを孕んだ声で、右近は問う。

「…………」

半蔵は答えない。

代わりにじりっと一歩、前に出る。

両の手は体側に下りたまま。

怒りを募らせながらも、すぐ刀に手を伸ばそうとはしなかった。

その点は右近も同様だった。

「ふん……」

皮肉な笑みを収め、表情を引き締める。

半蔵がやる気になったと見なしても、血気に逸りはしない。

相手から先に斬りかからせ、返り討ちにするつもりなのだ。

もはや、悪口雑言を並べ立てる必要もない。

挑発を繰り返し、怒りを誘う段階は終わった。

当初の狙いは、すでに半ばまで達成されている。

相手を怒らせて実力を封じる手口を用いれば、半蔵といえども敵ではない。

右近の目論見は当たりだった。

佐和の悪口を並べ立てたのが、功を奏したのだ。

半蔵は肩に力が入り、上体は前のめり気味。挑発にまんまと乗せられ、体勢を崩してしまっていた。

妻を愛する余りとはいえ、迂闊な限りであった。

こうなれば、有利なのは右近。

高みに立って迎え撃ち、抜き打ちに斬って捨てればいい。

兄の左近も、少しは弟を見直すに違いない——。

右近はあくまで冷静に、半蔵との間隔を見計らっていた。

二人の間合いは一足一刀。

抜刀して踏み込めば、相手に届く距離であった。

「…………」

「…………」

冷たい風が男たちの足元を吹き抜け、着流しの裾が舞う。

半蔵の両手が、すっと挙がる。

右近の頬に笑みが浮かぶ。

しかし、こちらは刀に手を伸ばすまでには至らなかった。

予期せぬ相手が、戦いの場に割って入ったのだ。

「そのぐれぇにしておきな、おめーら」

「う、うぬは……」

「ここは天下の往来だぜ。野っ原じゃあるめぇし、斬り合いならよそでやんな」

驚く右近を、その男は微笑みながら見返した。

手にした提灯の明かりが、すらりとした全身を照らす。

年の頃は五十過ぎ。

縞縮緬の着流しに高価なビロードの長羽織を重ね、絹の襟巻きをしている。念の入った装いだった。

老いた身には夜の寒さが堪えるのも、無理はあるまい。

同時に、かなりの洒落者と見受けられた。

奢侈禁制の折柄、町人がこんな華美な装いをしていれば無事では済むまい。

男は大小の刀を帯びていた。

いつもは喰出鍔の小脇差一振りを帯前に差しただけで平気で出歩くのに、今宵はいつになく物々しい備えである。

珍しく帯刀して出張った理由は、当人の口から明かされた。

「聞いてるぜぇ。お前さん、御役御免にされたんだそうだな。それなのに、どうして数寄屋橋の界隈を、いつもぶらぶらしてるんだい？　まさか南の耀甲斐さんと未だにつるんでるんじゃあるめぇな」

「やかましいわ隠居の分際で。口を慎め」

忌々しげに右近は言った。

「うぬのほうこそ、俺の行く先々にしつこく立ち回るのは止めにせい。いい加減にいたさねば、無事では済まぬぞ！」

「へっ。後ろ暗い野郎ほど、そうやって吠えたがるものなのだぜ……」

男は微笑みを絶やすことなく、涼しい顔で受け流す。

六尺近い半蔵には及ばぬものの、背が高かった。

体付きも引き締まっており、精悍な右近と向き合っていても見劣りしない。

「さーて……」

男はおもむろに右近に問うた。

「ところでお前さん、まだ半蔵さんとやる気かね」

「な、何だと」

「さっきから黙って聞いてりゃ、安っぽい脅し文句をあれこれ並べやがって。仮にもご直参の殿様に、本気で喧嘩を売ろうってのかい」

「き、聞いておったのか」

「だったら悪いか。え？」

男は声を低めて畳みかける。

地の底から湧き上がるが如き、押しの強い声だった。

「どれだけ半蔵さんが邪魔なのかは知らねぇが、病気の奥方のことまで悪しざまに言うのは失礼ってもんだろうが。そっちこそ、いい加減に口を慎みなよ」

「うぬっ……」

右近は二の句が継げなかった。

この老年の男のことが、よほど苦手らしい。

「次はただでは済まさぬぞ。覚えておれ、宇野幸内！」

「そっちこそ釘を刺されたのを忘れなさんな。へっへっへっ……」

憤然と去りゆく右近の背に、男は思いきり嘲笑を浴びせるのを忘れない。

どこまでも豪胆な振る舞いである。

男の行動の一部始終を、半蔵は眼を丸くして見守っていた。

右近が遠ざかるのを見届け、男は半蔵に向き直る。

「久しぶりだな、半蔵さん」

「宇野のご隠居……」

半蔵は驚いた顔で男を見返した。

宇野幸内、五十四歳。

亡き仁杉五郎左衛門の同僚で、かつて「南町の鬼仏」と異名を取った、腕利きの元吟味方与力である。

まさか右近の身辺を探っていたとは、思ってもみなかった。

「あんな下種野郎のことは放っておきな。お前さんが構う相手じゃねぇよ」

「………」

「立ち話も何だな。ちょいと河岸を変えようか」

「さ、されど」

「尾けるまでもありゃしねぇ。あいつの行く先は数寄屋橋だ」

「まことか？」

「同心の職はしくじっても、相変わらず鳥居に養ってもらってるのさ。仁杉殺しをやってのけた見返りに、な」

「何と……」

半蔵は絶句する。

思わぬ人物の思わぬ言葉に、驚きを隠せなかった。

二

夜の商いは、以前ほど客の入りが良くない。

呉服橋の『笹のや』も、例外ではなかった。

粘って遅くまで開けていても、油代が嵩むばかり。

割に合わないため、お駒は早めに店じまいをするように心がけている。

今宵も半蔵を送り出した後、縄暖簾を潜ったのは二人だけ。

その客たちも注文したのは燗酒と、丸干しの鰯のみ。軽く炙って器に盛ったのを二人で分け合い、一合ずつ空けただけで早々と帰っていった。

「あーあ、店開きした頃を思い出すね……」

空の器を下げながら、お駒はしみじみとつぶやいた。

「あの頃はお前にも苦労をかけたねぇ、梅」

「今となっては懐かしいことばっかりですよ、姐さん」

梅吉は気のいい笑顔で答えた。

下げてもらった器を受け取ると、甕から汲んだ水で手早く洗う。

飄々としながらも、お駒が愚痴りたい気持ちは承知の上だ。

たしかに、このところ『笹のや』の内証は苦しかった。

酒や食材の仕入れ値が日増しに上がっているからといって、それに合わせて品書きを、たびたび改めるわけにもいかないからだ。

とはいえ、お駒も梅吉も、店を始めた当初ほど汲々としてはいなかった。

客の数が減ったのは、あくまで夜だけの話。

朝の商いは、以前にも増して盛況だった。

しかるべき理由が有ってのことである。

大江戸八百八町は、独り身の男たちで溢れ返っている。

武士も町人も、あるじの許に住み込んでいれば食事の心配など無用だが、独り暮らしを始めれば自炊が必須。夜は適当に済ませても大事ないが、朝はしっかり食べておかねば身が持たない。

そんな男たちにとって、呉服橋の『笹のや』は実に重宝な店である。

朝の定食は丼物と決まっているが、仕事に出かける前に手軽に食べられるのが有難いし、日替わりなので飽きが来ない。値は一碗で十六文と屋台の蕎麦並みに手頃なので、気軽にお代わりができて申し分ないと好評だった。

「明日のお献立は何だったかねぇ、梅」

「深川飯ですよ、姐さん」

梅吉は抜かりなく、明朝の支度も始めていた。

台所の隅に置いた桶では、浅蜊の砂を吐かせている最中。

店でも人気の深川飯に欠かせぬ浅蜊は、最初から剝き身を買ってくれば手間もかからないが、殻付きのままで仕入れたほうが値は安い。梅吉は労を惜しまずに自分で殻を剝くように心がけていた。もちろん手間に加えて時もかかるが、そのぶん雑用を早く済ませれば、余った時間を活用できる。

何とも堅実な限りであった。

かつての盗っ人仲間が知れば、さぞ驚くことだろう。

お駒も梅吉も昔取った杵柄でひと働きすれば、五両や十両はすぐに作れる。

盗みに入る先を豪商の店に絞れば何百両、あるいは千両を手に入れることも夢ではなかった。店の者を殺さぬまでも痛め付け、抵抗を封じてしまえるだけの腕をお駒も梅吉も備えているからだ。

そんな生き方から、二人は足を洗って久しい。

姐御のお駒が先に更生した以上、梅吉だけが悪事を働いてはいられない。歳が下であっても、亡き大親分の娘に背くわけにはいかなかった。

「そろそろ仕舞うよ、梅」

「へい」

お駒にうなずき返し、梅吉は板場を出る。

洗い終えた器は乾いた布巾で水気を拭き取り、とっくに片付けた後。浅蜊の殻剝きは、竈の火を落とした後にやればいい。

「あー、いい風だぜ……」

縄暖簾を揺らして吹き込む風に目を細め、梅吉は額の汗をぬぐった。

同じ屋根の下でも、板場と土間では温度が違う。

今し方まで火の傍で忙しく立ち働いていた身には、寒風も心地いい。

「不思議なもんですねぇ、姐さん」

「何だい梅、藪から棒に」

「いえね……おんなじ汗でも、ずいぶん違うもんだなって思ったんでさぁ」

「どういうことさ」

「俺らがお勤めをしていた頃は、毎度(まいたび)嫌な汗を掻(か)いていたじゃないですか」

梅吉は声を低めていた。

盗っ人稼業のことを、余人に聞かれてはまずい。

客がいないからといって、油断は禁物だ。

むろん、お駒も承知の上である。

「そうだねぇ……ああいうのを、ほんとの冷や汗って言うんだろうさ」

「違いありやせん。一歩間違えば命取りになるんですからね」

「お互いに危ない橋を渡ってきたもんだねぇ、梅」

「へい。姐さんのおかげで足を洗えて、何よりにござんした」

「そんな殊勝なこと言って、また稼ぎたいなんて考えちゃいないだろうね」

「滅相もねぇ。あんな嫌な汗、二度と掻きたくありやせんよ」

苦笑しながら、梅吉は進み出る。

いつまでも寒風に吹かれたままでいては心地よさを通り越し、風邪をひく羽目になってしまう。そろそろ暖簾を仕舞い、戸締まりをする頃合いであった。

夜更けの空に浮かんだ月は、どことなく霞んでいた。

「大原や蝶の出て舞う朧月(おぼろづき)……か」

外した暖簾を手にしたまま夜空を見上げ、梅吉は微笑む。

視線を下ろしたとたん、その笑顔が強張(こわば)った。

提灯をぶら提げて歩み寄ってくる、宇野幸内の姿を目にしたのだ。

「どうしたんだい、梅？」

お駒が表に出てきた。

「あ、姐さん」

梅吉は慌てて、お駒を店の中に押し戻す。

そこに、明るく呼びかける声が聞こえてきた。

「しばらくだったなぁ、お二人さん」

「お、お久しぶりでございやす、ご隠居」

梅吉はぎこちなく、幸内に微笑み返す。

「今日はもう仕舞いなのかい？」

「へ、へい……」

「ちょいと呑ませてもらえねぇか。なーに、手間は取らせねぇよ」

「………」

断れるものではない。

梅吉はお駒ともども、隠居する前の幸内に捕まったことがある。江戸に居着いて構えた店も閑古鳥が鳴くばかりで金に詰まり、やむなく盗みを働いたのを突き止められたのだ。

正式に御用鞭にされて牢屋敷に送られたのではなく、番所での取り調べどまり、それも説教だけで済んだのは町奉行所の役人の中でも格上の吟味方与力、しかも「南町の鬼仏」と異名を取った、幸内の温情のおかげだったと言えよう。

とはいえ、受けたのは恩恵ばかりではない。

お駒と梅吉の弱みを握った幸内は、強く出られる立場となったからだ。

そのこと自体は問題なかった。

幸内は、現役の頃から一貫して変わらぬ人徳者。

口止め料を要求されたり、お駒が無体を強いられたことは一度もない。

他の与力が同様の立場になれば、骨までしゃぶっていただろう。

豹変されたときは梅吉も刺し違える覚悟があったが、幸内は何年経っても二人の弱みに付け込む気配がない。今宵の如く店仕舞いをした後にふらりと現れ、酒を所望される程度のことだった。

それでいて、油断はできない。

折に触れ、仇討ちの決行を迫られるからである。

矢部定謙は幸内にとっても、憎むべき敵なのだ。

無理もない話である。

定謙によって失脚させられるまで長らく南町奉行職を務めた筒井政憲は、まだ見習いだった当時の幸内を薫陶してくれた大恩人。同じ頃に親の後を継ぎ、与力となった仁杉五郎左衛門にとっても、無二の上役であった。

幸内には長きに亘って政憲を支え、名奉行と呼ばれるまでに盛り立てたという強い自負がある。盟友だった五郎左衛門に死なれた今は以前にも増して、定謙に対する憎悪を募らせているに違いなかった。

ともあれ、話は一杯呑ませてからだ。

作り笑いを絶やすことなく、梅吉は問う。

「お一人ですかい、ご隠居」

「いーや、連れも一緒だぜ」

「えっ？」

梅吉は目を凝らす。

しかし、幸内の他には誰もいない。

ご冗談をと言いかけた刹那、階段の軋む音が聞こえた。

段を踏む足は大きく、黒羽二重の裾から覗いた足首は剛毛が生えている。

続いて見えた体も腰回りが太く、どっしりとしていた。

「サン……旦那ぁ？」

いつもの癖でサンピンと呼びかけたのを、梅吉は慌てて引っ込める。

いつの間に、屋根伝いに戻ってきたのか。

浅黒く武骨な顔を、半蔵は申し訳なさそうに覗かせた。

「驚かせてすまぬな、梅吉」

「驚いたのはあたしも同じだよ、旦那ぁ」

唇を尖らせて、お駒が言った。

「ご隠居をお連れするならするって、先に知らせておくれな」

「許せ。思いがけず、出先でお目にかかったのでな……」

弁解しながら、半蔵は階下に降り立つ。

右近の挑発に乗せられ、抜き打ちを浴びせられる寸前に助けられた件については黙っていた。お駒と梅吉にとって幸内が、決して好ましい存在ではないことを承知しているからだ。

二人を盗っ人として捕らえておきながら罪には問わず、後ろ暗い稼業から足を洗わせて更生に導いた、恩人なのは間違いあるまい。

だが、幸内は一筋縄ではいかない男。

鬼仏の異名が示すとおり、相反する二つの側面を持っている。

（あくまで鬼となる所存なのか……？）

半蔵は不安を覚えずにはいられない。

それでも命の恩人である以上、誘いを断るわけにはいかなかった。

三

かくして半蔵が呉服橋の『笹のや』に戻った頃、右近は江戸城の外濠の反対側に位置する、数寄屋橋へと向かっていた。

宵闇の中を歩きつつ、浮かべているのは不気味な笑み。

（笠井め、命拾いをしおったのう……）

思い出し笑いをしながら、数寄屋橋を渡り行く。

南町奉行所を目指しているのだ。

御役御免にされた右近にとっては、二度と足を向けられぬ場所のはず。

この男、どこまで恥知らずなのか。

当人はあくまで平然と、歩を進めるのみであった。

町奉行所では、奥の一棟が奉行と家族の住まう役宅となっている。

表と呼ばれる役所の棟と渡り廊下でつながってはいるものの、気軽に行き来ができるわけではない。

奉行との面会が許されるのは与力どまりで、同心の出入りは禁止。ましてや御役御免の身では、通行できるはずがなかった。

にも拘わらず、右近は何食わぬ顔で廊下を渡っていく。

奉行の秘書官である内与力衆に行く手を阻まれることもなく、右近は奥の一室の前に立つ。

障子越しに射す、行灯の火は明るい。

夜も更けたというのに油を惜しまず、煌々と灯しているのだ。

余り感心できないことだった。

倹約令の対象とされるのは、あくまで庶民。

それでも江戸の司法と行政を司っている自覚があれば、率先して範を示すのが町奉行の有るべき姿と言えよう。少なくとも、前任の矢部定謙はそうだった。

眉を顰めることもなく、右近は廊下に片膝を突いた。

「お奉行」

訪いを入れる声にも、とげとげしさはなかった。値が上がる一方の油がどれほど浪費されていようと、この男にとっては何でもないことなのだ。

程なく、淡々とした返事が聞こえてきた。

「入るがいい……」

「御免」

すっと右近が障子を開ける。

鳥居耀蔵は文机（ふづくえ）に巻紙を拡げ、黙々と筆を執（と）っていた。

真っ当な御用のためなら、煌々と明かりを灯していても罰は当たるまい。

しかし、この男が寝る間を惜しんで時を費やすのは悪事のため。

どうでもいい、ありふれた平素の業務は日中のうちに、手間をかけることなく済ませてしまう。南町奉行となる以前から、そんな習慣が身に付いていた。

逆に言えば仕事が早いのだが、耀蔵は必要以上のことは決してやらない。天性の頭の良さを善き行いに費やせばいいものを、悪事を企み、実行に移させることにしか関心を抱いていないのだ。

これでは民の憎悪を一身に集め、忌み嫌われても仕方あるまい。

何とも不幸なことだった。

だが、当人はそれでいいのである。

誰からどれほど憎まれようと、気にもしていないのだ。

今宵も耀蔵は快調に筆を走らせ、一通の書状を書き上げようとしていた。

胡座(あぐら)をかいて座りながら、さりげなく右近が問う。

「何をしたためておられるのですか、お奉行」

「ご老中へのお伺いよ。そのほうの知ったことではないわ」

背中越しに答える、耀蔵の声は素っ気ない。

「これはご無礼」

苦笑しながらも、右近の表情は明るかった。

耀蔵が、申し分のない雇い主だからである。

好き放題に人を斬らせてもらって金になり、兄弟揃って身の安全まで保障してくれるのだから、少々邪険にされたところで気にもならない。今は江戸を離れている兄の左近も、双子だけに思うところは同じはずだった。

程なく、耀蔵が筆を置いた。

畳んだ書状に封をし終えるのを見届け、右近は崩していた膝を揃える。

「待たせたの」

こちらに向き直った耀蔵は、特徴のない容貌をしていた。

鳥居耀蔵忠耀は当年四十七歳。

辣腕の目付として「蝮」と恐れられ、昨年の暮れに南町奉行の座に就いて甲斐守の官位を得てからは、諱から一文字を取って「耀甲斐」と呼ばれている。

恐ろしげな異名に反して、耀蔵の外見は平凡。

目鼻立ちも怪異ではなく、整ってはいるが、美形と呼べるほどでもない。

体付きは中肉中背。良くも悪くも目立たない、地味なたたずまいだった。

そんな外見でありながら、これまで為してきた所業は悪辣そのもの。蛮社の獄で悪名を轟かせ、今や天下の南町奉行にまで上り詰めた。

悪事を働くのを無上の喜びとする右近にとって、耀蔵のようなあるじに仕えていられるのは誉れであった。

町方同心としては御役御免になっても、子飼いの立場は変わらない。

なればこそ、平気で奥にも出入りできるのだ。

「して三村、何用か」

耀蔵が淡々と問うてきた。

応じて、右近が口を開く。

「お耳に入れたき儀がござる」

「申せ」

「笠井半蔵の謹慎が解けましたぞ」

「勘定所に出仕しおったのか」

「はい。朝も早うから屋敷を出て、日暮れまで精勤しておりました」

「そのほうが見届けたのか？」

「手先など当てになりませぬ故な……」

薄く笑った後、右近は続けて言った。

「退出後は例によって呉服橋の煮売屋に赴き、装いを改めて町に出たという次第にござる。あやつ、この数寄屋橋を目指しておりました」

「忍び込む所存であったのか」

「妾腹なれど村垣一族の出にござれば、易き芸当でございましょう」

「儂も見くびられたものだな」

「ご安堵なされ。拙者が目を光らせておる限り、大事はありませぬ」

「まことか、三村」

「お奉行こそ、拙者を見くびってもろうては困りますぞ」

「ふん、相変わらず大きな口を叩きおって」

耀蔵の態度は、一貫して変わらなかった。

謹慎が明けて早々に半蔵が行動を起こし、南町奉行所への潜入を試みたと知らされても、表情をまったく動かさずにいる。

口調も淡々としており、感情の変化が伝わってこない。

それでいて、相手の胸の内を見抜く目は的確そのもの。

ふてぶてしい右近を以てしても、太刀打ちするのは至難であった。

「されば、そのほうは笠井を追い払うてくれたのだな」

「左様にござる」

右近は自慢げに胸を張る。

「間違いのう退散させました。今宵は枕を高うしてお休みくだされ」

「まことか」

「今頃は駿河台の屋敷に戻りて、役に立たなくなった妻女を相手に己の無力さを愚痴っておることでありましょう。ははははは……」

馬鹿にした笑いは途中で遮られた。

「甘いぞ、三村」

「は？」

「泡を食って退散したのは、そのほうではないのか」

「何を仰せられますか、お奉行……」

「この儂に騙しは通じぬぞ。見くびるでないわ」

耀蔵は淡々と言葉を続けた。

「そのほうは宇野幸内に張り付かれ、閉口しておるのだろう」

「まさか。あれしきの隠居になど後れを取りはいたしませぬ」

「強がりを申すでない。何事も承知の上ぞ」

右近を見返す、耀蔵の視線は冷たい。

殊更に表情を作ることもなく、あくまで自然体で振る舞っている。なればこそ、底知れぬ不気味さを感じさせて止まない。

虚勢を張っても無駄だった。

（もしや、忍びどもに見張られておったのか……）

右近は己の迂闊さを悔いた。

耀蔵は三村兄弟とは別の私兵として、はぐれ忍びの一党を抱えていた。

非合法な探索と、暗殺を命じるためである。

金華に黒松、くノ一の白菊から成る三人衆を差し向ける相手は、敵ばかりとは限らない。

耀蔵は、用心深い男である。

目付だった頃には配下の小人目付や徒目付の、南町奉行となってからは与力と同心の動向を監視し、敵方への内通や裏切りを未然に防いできた。

他ならぬ右近自身、はぐれ忍びたちが雇われる以前には、そのような役回りを任されていた。裏切り者を密かに斬り捨て、変死に見せかけて亡骸の始末をするのも慣れたものだった。

しかし、自分まで監視の対象にされるとは思ってもみなかった。

忍びの者が隠形の術を用いれば、右近といえども気が付くのは難しい。まして町中で人混みに紛れ込まれてしまっては、どうにもならない。

その点、同じ尾行でも宇野幸内のやり方は違っていた。

本気になれば忍びの者には及ばぬまでも、気配を殺すことはできるはず。にも拘わらず連日に亘り、わざと気付かれるようにして付きまとうのは、右近を追い込むために他なるまい。

密かに命を受けた三人衆は、恥ずべき事実を報告したのだ。

幸内が右近をしつこく追い廻し、うんざりさせていることを、あるじの耀蔵の耳に入れてしまったのだ。

評価が下がるのは必定だった。

下手をすれば、命取りにもなりかねない。

（あやつら、よくも舐めた真似をしおって……）

歯噛みしたところで、もう遅い。

「覚悟を決めてもらおうか、三村」

耀蔵は淡々と、表情のない顔で宣告した。

「宇野幸内は無駄な動きをせぬ男だ。そのほうに目を付けたは、仁杉五郎左衛門を殺害に及んだと判じてのことであろうぞ」

「いえ、決して左様なことは」

「まことに、そう言い切れるのか」

「は……」

右近は二の句が継げなくなった。

追い込む耀蔵の口調は、あくまで冷たい。

「そのほうも幼子ではあるまい。己の尻は己で拭くことだ」

「…………」

「生き延びたくば宇野を斬れ。太刀打ちできぬとあれば、江戸から去るがいい」

異を唱えることを許さない、非情な選択だった。

耀蔵はもとより非情な男。

裏切り者や役立たず、あるいは面倒なことになった者は容赦なく切り捨てる。

右近が命乞いをする材料は、もはやひとつしか残されていなかった。

「……兄上は？　如何相成りますのか、お奉行？」

右近は懸命に訴えかけた。

兄の左近は、かねてより耀蔵の覚えが目出度(めでた)い。

子飼いの手練(てだれ)の中でも格別に信頼されていればこそ、御府外に放たれて重要な密命を果たす折も多いのだ。

そんな兄より技量は劣る右近だが、双子の兄弟だけに、連携して戦えば余人を寄せ付けぬ強さを発揮する。

どちらか一方が欠けてしまっては、さすがに困るはず。

そんな期待を込めての訴えだったが、耀蔵は一顧(いっこ)だにしなかった。

「何も変わりはせぬ。左近には引き続き、儂のために働いてもらうつもりぞ」

「くっ……」

右近は、がっくりと頭(こうべ)を垂れた。

「話はこれまでぞ。行け」

耀蔵は席を立った。

再び文机の前に座り、筆を執る。

もはや右近のことなど、見ようともしない。

五郎左衛門を自害と装って殺害させたのは、きっかけ作りに過ぎなかった。

真の狙いは管理不行き届きの責を問い、矢部定謙を捕らえること。勾留してしまえば、後から幾らでも罪を押し付けることができる。事の発端など、与力の汚職でも何でも構いはしない。

しかし、実は暗殺だったと発覚しては困る。

幸内に目を付けられたというのも、厄介な話である。

隠居して久しい今も、あの男は諸方に手蔓を持っている。

古巣の南町奉行所を耀蔵に掌握されてしまっても、まだ北町が残っている。高田俊平や嵐田左門といった腕利きの同心衆は言うに及ばず、北町奉行の遠山景元とも若い頃から親しい仲とあっては、手を出しにくい。

耀蔵らしからぬ失策だった。こんなことになると分かっていれば、早々に右近を江戸から遠ざけておくべきだったと言えよう。

とはいえ、右近は人を斬るしか能のない男だ。

腕が立つだけでなく頭も切れる、兄の左近とは比べるべくもなかった。下手に廻国御用など任せれば、行く先々で余計な揉め事を起こしかねない。

もとより、情など一片も有りはしない。

そろそろ潮時と見なすべきだろう。

邪魔な幸内と相討ちになってくれれば、好都合というものだった。

四

「どうした婿殿？　やけに面が赤いじゃねぇか」

「面目ない。久方ぶりの酒にござれば……」

「ま、ゆっくり慣らしていくがよかろうぜ。ほら、もう一杯」

「頂戴いたす」

夜が更けゆく中、半蔵は幸内と共に杯を傾けていた。

お駒と梅吉も、複雑な面持ちで同席している。

すでに明朝の仕込みは終わっていた。

にも拘わらず、二人とも酒を口にしない。

幸内が勧めても、杯を取ろうともしなかった。

「…………」

きな臭い用件でやって来たと察しが付いていれば、警戒するのも当たり前。

まして、相手は吟味方の与力だった男なのだ。

「…………」

罪人の裁きに関わる吟味方は、南北いずれの町奉行所でも格の高い役職だ。

奉行の名代として白洲に座る折も多いため、腕利きでなくては務まらない。

中でも幸内は、どれほど巧みな申し開きも理詰めで論破し、許し難い悪行を働いた悪党を獄門送りにしてのける凄腕だった。

切れるのは、頭だけではない。

幸内は小野派一刀流の手練で、剣の腕前は南北の町奉行所でも随一。

歳が近い北町奉行所の古参同心で、心形刀流の剣と起倒流の柔術を併せ修めた嵐田左門も若い頃から歯が立たず、後塵を拝してきたという。

弁も腕も立つとなれば、悪党どもから恐れられたのも当然であろう。

一方で、幸内は冤罪を防ぐことにも全力を傾けていた。

自ら奔走して証拠と証言を集め直し、処刑寸前まで粘りに粘って、無罪の証を立てるという離れ業を、幾度となくやってのけた。

更生の余地など皆無の外道（げどう）に極刑の裁きを非情に下し、罪なき弱者を救うためには労を惜しまず奔走する。他の与力は、そこまでやらない。

未だに幸内が「南町の鬼仏」と呼ばれ、大江戸八百八町の民から恐怖と感謝の念を等しく寄せられているのも、閻魔（えんま）と地蔵の如く相反する、二つの面を備えていればこそと言えよう。

味方に付ければ心強いが、敵に回せば敗北は必至。

宇野幸内とは、そういう男なのだ。

若いお駒と梅吉が緊張するのも、無理はあるまい。

半蔵の心中も、穏やかではなかった。

この状況では、双方の間に立たざるを得まい。

幸内もそれを期待し、半蔵を伴って『笹のや』に足を運んできたのだ。

「すまねぇな、半さん」

「……諦めきれぬのか、ご隠居?」

「どうか料簡（りょうけん）してくんな。年寄りの冷や水だと思われるこったろうが、こいつぁ何としても譲れねぇことなんだよ」

決意も固い幸内の望みは、憎い矢部定謙に引導を渡すこと。

罷免されて職を失い、無役になっただけでは腹の虫が収まらない。敬愛する筒井政憲を失脚させ、親友の仁杉五郎左衛門を死に追いやった黒幕と思えば、許すわけにいかないのだ。

されど、感情に任せて動くわけにもいくまい。

幸内が定謙を自ら斬ってしまえば、罪に問われる。

大身旗本を手に掛けたとなれば、死罪となるのは必定。

死んでしまえば俊平に捕物の知恵を貸したり、必要に応じて助太刀することができなくなる。贔屓の滝沢馬琴を始めとする、山ほど集めた読本や絵草紙に毎日耽る楽しみも、娘同然に可愛がってきた女中の憐と俊平を添わせ、いずれ面倒を見てもらおうという希望も、すべてが夢物語で終わってしまう。

そもそも町方の元与力が旗本を斬ること自体、有り得ぬ話なのだ。

一方のお駒と梅吉には、親の仇を討つという大義名分がある。

町人に仇討ちは認められていないが、親を殺された意趣返しと主張すれば孝行の顕れと評価され、情状酌量も十分に有り得るはず。

それでもお駒にとって定謙は実の父親だが、梅吉とは赤の他人。

罪に問われたとしても死罪は免れ、せいぜい島流しで済むだろう。死んだ父親の後を継ぎ、盗みを働いていたという過去は、幸内さえ口をつぐんでいれば露見し得ないからだ。

幸内の言いたいことは、半蔵にもおおむね分かる。

問題は相手の主張を受け入れ、お駒たちに決行を促すかどうかであった。

思案の末に、半蔵は口を開いた。

「……お駒」

「何だい、旦那」

素っ気なく装いながらも、向けてくる視線は熱い。

「梅吉……」

「どうした、サンピン」

「おぬしたちの存念を、余さず聞かせてくれ」

「洗いざらいをぶちまけろってのかい？　ご隠居の前で？」

「左様……。拙者が、最後まで立ち会おうぞ」

半蔵は訥々と二人に告げる。

口調も態度も、誠意に満ち満ちている。

しかし、お駒はつれなかった。

「気持ちは有難いけどさ、勘弁しとくれよ」

「何故だ」

「だって旦那の腕じゃ、ご隠居を止められないんだろう？」

「む……」

「御免なさいよ。あたしも梅も、ひとつしかない命が懸かってるんでね」

「お駒……」

「もういいから黙っておくんなさいな。何ならご隠居とお話が済むまで、二階に引っ込んでてくださいまし」

一気に告げると、お駒は申し訳なさそうに肩をすくめた。

半蔵は怒るに怒れなかった。

言われても仕方がない、事実だからだ。

半蔵の腕前は、幸内よりも劣っていた。

武芸者として積んできた、修行の深さが違いすぎるのだ。

親子ほど歳が離れていても、実力の差は歴然としていて埋められない。

そもそも、半蔵はまだ人を斬ったことがなかった。

だが、幸内は違う。

この場で戦えば、半蔵は即座に返り討ちにされてしまう。

得物の刃引きを振るって幸内を打ち据えるより早く、抜き打ちの一刀を浴びて沈黙させられるのは目に見えている。

それを承知していればこそ、お駒は半蔵を邪険に扱ったのだ。

かねてより好意を抱いていたからこそ、助けを乞うのを潔しとせず、自ら幸内と決着をつけるつもりなのだ——。

「ねぇご隠居、サックリお尋ねしてもよろしいですか」

「何だい。言いてぇことがあるんなら、言ってみなよ」

「今宵お越しになられたのは、あたしと梅に駿河守を早いとこ始末させようってご催促でござんしょう?」

「察しがよくて助かるぜ、女将」

「で、あたしらに何をさせようってんです」

「安心しな。あいつの屋敷に今すぐ乗り込めとまでは言わんさ」

「でしょうねぇ。そんな指図をされたんじゃ、命が幾つあったって足りません」

「へっへっへっ、手厳しいなぁ」

思い切り苦笑しながらも、幸内の目は笑っていない。

お駒が牙を剝いてくることも、予想していたかのようだった。

続いて梅吉が口を開いた。

「ご隠居、姐さんに無茶を言うのは止めちゃもらえませんかね」

「おいおい梅さん、妙な勘繰りをするんじゃねぇよ」

幸内は余裕で言葉を返す。

「矢部駿河守への意趣返し(げえ)は、お前さん方が先に望んだことなのだぜ。今さら何を迷う必要があるってんだい?」

「そいつぁ……」

梅吉は言いよどむ。

指摘されたのは、もっともなことだった。

すかさず幸内は畳みかける。

「悪いことは言わねぇよ。しっかり料簡してくんな」

「…………」

「…………」

お駒と梅吉に、返す言葉はなかった。

宇野幸内は、やるときはやる男。

交渉が決裂すれば二人を捕らえ、盗っ人として突き出すに違いなかった。

現職に非ざる身では縄を打つことはできぬし、今や耀蔵に牛耳られてしまっている古巣の南町奉行所では取り合ってもらえまいが、北町に知らせれば俊平なり左門なりが駆け付けて、二人の身柄を拘束してくれるはず。

罪人として捕まった後は吟味を経て裁きを下される運びとなるが、幸内の告発となれば景元は否も応もなく聞き入れて、速やかに片を付けることだろう。

幸内を敵に回せば、行き先は土壇場。

お駒は夜嵐の鬼吉、梅吉は霞の松四郎と、かつて江戸を騒がせた大盗賊の忘れ形見であることを世間に公表された上で、獄門送りにされてしまうのだ。

窮地に立たされた若い二人に、半蔵は何もしてやれずにいた。

隠居して久しい身でも、幸内には強大な後ろ盾がある。

しかし、こちらには何もない。

実家の村垣家とは武州に居着いた十代の頃から疎遠なままで、唯一親しくしている弟の範正の役職は小十人組。将軍の身辺を警固する名誉の職だが、こういうときに役に立つ権限など有していないし、腹違いの兄が盗っ人に肩入れしていると発覚すれば、余計な迷惑がかかってしまう。

婿入り先の笠井家も、有力者とつながりがないのは同じだった。

義父の総右衛門が動かせるのは、勘定所の組頭どまり。婿を復職させるための根回しはできても、お偉方とは縁がない。

もしも佐和が以前のとおりであれば舌戦で幸内を言い負かし、私怨を晴らすのにお駒と梅吉を利用するなと因果を含めてくれただろうが、今の彼女にそんな真似などさせられないし、そもそも二人のことを忘れてしまっている。

以前は『笹のや』にしばしば足を運んで板場を手伝い、結構な料理を拵えて客の人気を得ていたことも、佐和にとっては忘却の彼方。この場に呼んだところで何の役にも立たぬし、無理をさせたくもなかった。

半蔵は誰も頼れない。

何事も、独りでやるしかないのだ。

「………」

浅黒い顔に汗を浮かべ、半蔵は黙考する。

幸内を引き下がらせる、最後の手段に踏み切るか否かを考えていた。

（俺さえ土佐守……お奉行に頭を下げれば、耀甲斐に話を通してくれようぞ……ご隠居はもとより左衛門尉様といえども、あの二人には逆らえまい……）

踏み切るには失うものが多すぎる、苦渋の決断であった。

勘定奉行の梶野良材は、南町奉行の鳥居耀蔵とかねてより結託し、老中首座の水野忠邦から共に懐刀と認められた存在だ。七十歳となった今も壮健で、北町の名奉行と評判の遠山景元も従わざるを得ない大物だった。

それほどの人物に、半蔵は今日まで逆らい通してきたのである。

されど、斯くなる上は屈服せざるを得まい。

半蔵さえ自分を殺せば、若い二人は助かるのだ。

何も、命まで取られるわけではない。

その証拠に、良材は半蔵の謹慎を解いた。

本当に邪魔者と思っていれば、決して許しはしないはず。

悪事の手先として使役された半蔵は、良材の汚い裏の顔を知っている。

生かしておいては危険と見なせば組頭の説得など受け入れず、密かに抹殺するのはもちろんのこと、笠井家そのものを潰してしまうのも厭(いと)うまい。

だが、良材はそこまで事を荒立てはしなかった。

半蔵を復職させ、以前と変わらず一人の配下として、引き続き働かせるという無難な結論を出したのだ。

あちらがそのつもりならば、こちらにとっても好都合だ。

切れ者の幸内も、まさか半蔵が敵方に屈服するとは思いもよらぬはず。呆気(あっけ)に取られ、二の句が継げなくなるだろう。

裏切り者と見なされても構うまい。

毒を食らわば皿までも、である。

どのみち勘定所勤めを続ける以上は、良材から再び影御用を命じられる羽目になったとしても構うまい。

それでお駒と梅吉が見逃されるのなら、外道に魂を売ってもいい――。

意を決し、半蔵は口を開いた。

「よろしいか、ご隠居」

「どうした半さん、藪から棒に」

「貴公には申し訳ないが、これより上の無理強いは止めてくれぬか」

「えっ？」

「この二人はそれがしが後見いたす。指図は遠慮していただこう」

「おいおい、そんな大口を叩いていいのかい？」

「貴公こそ程々にするがよかろう。無体が過ぎては、鬼仏の名が泣こうぞ」

「何だと……」

訳の分からぬまま、幸内は目を剝く。

しかし、続けて怒鳴り付けることはできなかった。

何者かが駆け付けざまに、表の戸を激しく叩いたのだ。

「開けてくれ！　笠井半蔵に急用だ！」

聞き覚えのある声だった。

「範正……か？」

「そうだよ兄上、早いとこ開けてくんな！」

伝法な声の主は村垣範正、三十歳。

半蔵とよく似た顔立ちなのは、腹違いでも実の兄弟なればこそ。

それでも将軍の側近くに仕える身だけに雰囲気は洗練されており、浅黒く武骨なばかりの兄と違って色が白く、江戸っ子旗本らしい小粋さも魅力であった。

「失礼しやすぜ」

幸内と半蔵に一言断り、梅吉が土間を横切っていく。

心張り棒を外し、雨戸と障子戸を開ける。

久しぶりに顔を合わせた範正は、寒空の下で大汗を掻いていた。

「やれやれ、探したぜ兄上……駿河台に戻っていなけりゃ居残りだろうと思って御勘定所に寄ったもんで、えらく遠回りをしちまった……」

親兄弟でも、日頃の働きぶりは意外と知らないものである。範正は未だに半蔵が算盤勘定を苦手としており、謹慎が解けた初日から居残りをさせられたと思い込んでいたらしい。

仲のいい弟とはいえ、半蔵がムッとしたのも仕方あるまい。

「俺をいつまでも無能者と決め付けるでない。士別れて三日なれば刮目して相待すべしと申すを知らぬのか？　用向きがあれば早う申せ」

「まぁまぁ、そう怒るなよ兄上」

いきり立つのをやんわり宥め、範正は続けて言った。

「話をする前に、きっちり戸締まりをしてくれねぇかな」

「戸締まりとな？」

「本気で外聞を憚る話なんだよ。こんなことを表に漏らしたって分かれば、俺ぁ切腹ものさね……ああ、すまねぇな」

剣呑な言葉を口にしながら、範正はお駒が汲んできた水を受け取る。

渇いた喉を潤している間に、梅吉は手早く障子戸を閉める。雨戸を下ろしつつ視線を巡らせ、尾行者の有無を確かめるのも忘れない。

範正が切り出したのは、思いがけない話だった。

「矢部駿河守が危ないぜ、兄上」

「えっ」

「ご老中……水野越前守が下城するところを待ち伏せて、乗物を止めたのさ」

「そんな……また何故に、駿河守様は左様な真似を？」

「俺も直に見たわけじゃねぇが、訴状を持っていたそうだぜ」

「覚悟の直訴、か……」

半蔵は切なげに溜め息を吐いた。

有り得ることだと思いながら、定謙の身を案じずにいられない。

「して範正、駿河守様のご処遇は如何相成ったのだ？」

「連れて行かれた先は、ご老中のお屋敷だよ」

「何……目付筋に届け出なんだのか」

「そうなんだよ。稀有（奇妙）なこったと思わないかい、兄上」

「うむ……」

江戸言葉でまくし立てる弟に、半蔵はうなずき返す。悪い予感がしていた。

そんな兄の不安を裏付けるかの如く、範正は言った。

「真っ当に考えりゃ、事を荒立てまいって気遣いなんだろうが……あのご老中に限っては、そんなことはまずあるめぇ。飛んで火にいる何とやらってんで、駿河守に引導を渡すつもりだろうぜ」

「…………」

大いに起こり得ることだった。

武家屋敷は治外法権の場とされている。

たとえば往来で無礼討ちが行われれば、理由が何であれ、刀を振るった武士も責任を問われるのが公儀の定め。

しかし、屋敷内や庭が現場となれば話は違う。

事の処理は武家の側に一任され、町奉行所はもとより目付も関与はしない。

まして、水野忠邦は天下の老中首座だ。

難癖を付けてきたのを幸いとばかりに矢部定謙を屋敷に連行し、門を閉ざしてしまえば、後はどうにでもしてしまえる。

もしかしたら、すでに亡き者にされた後なのかもしれない――。

と、範正が不思議そうに言った。

「どうしたご隠居、さっきから浮かない面ぁしてるじゃねぇか?」

見れば、幸内は暗い顔。

恨み重なる定謙の命が危ないと耳にしながら、まったく喜んでいなかった。

たしかに、奇妙なことである。

どのような形であれ、憎い相手に裁きが下ればいいではないか。

図らずも念願が叶ったというのに、表情が冴えぬとはおかしい。

範正は続けて問いかけた。

「妙だなぁ。お前さんにしてみりゃ、朗報だろうが」

「…………」

幸内は答えない。

じっと黙ったまま、空の猪口を手にしている。

一方のお駒と梅吉は、幸内などそっちのけで熱っぽく語り合っていた。

「放っといてもいいんですかい、姐さん？」

「馬鹿をお言いでないよ、梅。そんなわけがないだろう！」

「だったら今すぐ、助けに行きましょうぜ」

「本気なのかい、お前……」

「当たり前でござんしょう。倹約しか頭にねぇ堅物老中なんぞに引導を渡されちまったら、元も子もありやせんよ。ご隠居の手前だから言うってわけじゃありやせんが、矢部は俺らの仇ですぜ。殺(や)るかどうかは後のこととして、無駄死にだけはさせちゃいけねぇ。俺ぁ、そう思いやす」

「そりゃ、そうだけど……」

「ご安心なせぇまし。老中の手勢が何人居ようが、サンピン……じゃなくて笠井の旦那がきっちり助(す)けてくれまさぁ。そうだよな、旦那？」

と、梅吉は視線を巡らせる。

期待を込めた眼差しを受け、うなずく半蔵に迷いはない。

斯(か)くなる上は範正は、一肌脱がねばなるまい。

「仕方あるめぇ。老中屋敷に乗り込むんなら、案内するぜ」

「おぬし、手を貸してくれるのか」

「言っとくが兄上、助太刀まではできかねるぜ。俺はこれでも小十人組……老中首座に刃向かったと分かれば、詰め腹を切らされちまうだろうよ」

「もとより承知の上ぞ。村垣の御家のためにも、無理は申すまい」

「そいつを聞いて安心したよ。早いとこ支度をしてくんな」

「うむ！」

半蔵は力強くうなずいた。

お駒と梅吉も、闘志を募らせていた。

「しっかり頼むよ、梅」

「合点でさ、姐さん！」

盛り上がるのをよそに、幸内だけが浮かぬ顔。

もはや、お駒も遠慮していなかった。

「すみませんねぇ、ご隠居。こういう次第ですし、話はひとまずお預けにさせていただきますよ。それでよろしゅうござんすね？」

「あ、ああ……」

「じゃ、留守を頼みますよ！」

本来の気丈さを取り戻したお駒に強く出られても言い返せず、屋根伝いに表へ抜け出そうと二階に昇っていく四人の姿を、黙って見送るばかりの幸内だった。

五

老中首座の住む屋敷は、江戸城の西ノ丸下に在る。一国の大名として公儀から授かった藩邸とは別に、毎日の登城に便利な官舎を与えられ、在任中はここから出仕することとなる。

老中は徳川の天下で大名が就くことのできる、最高の役目。

半ば名誉職のようなものである大老になるよりも、老中首座として幕政の実権を握ったほうが、遥かにいい。

理想の地位を得る代償に、水野忠邦は多くのものを棄(す)ててきた。

今でこそ江戸から近い浜松(はままつ)藩主だが、本来の水野家は唐津(からつ)藩主。

長崎沿岸の警備を仰せつかっていて国許を空けられず、公儀の役職に就いても在任期間の長い老中には出世できない立場を脱するために、忠邦は自ら願い出て国替えをしてもらったのだ。

二十五年前、文化十四年（一八一七）のことである。

先祖代々治めてきた土地と民を何の迷いもなく見捨て、止めようとした家老の諫死も意に介さず、幕閣内での政争に明け暮れるうちに、野心溢れる青年大名は四十九歳になっていた。

三年前には念願の老中首座の地位を得たものの、大御所の家斉公に実権を掌握されていて勝手ができず、しばらくは心労でげっそり痩せていた忠邦だが、昨年の年明け早々に大御所が没して以来、日毎に貫禄が増している。

壮年の身は恰幅よく、自慢の口髭も威風堂々。誰にも行く手を邪魔させまいとする気概が、全身から溢れ出ている。

そんな忠邦にとって、目障りなのが矢部定謙。

武家としての立場は、徳川との縁も深い水野家が遥かに上。

石高も遥かに格下で、忠邦は定謙を軽輩としか見なしていなかった。

だが、定謙は人望の厚い男。

御先手組の鉄砲頭として火付盗賊改の長官職を兼任し、かつての長谷川平蔵に迫る人気を江戸の民から得た上で出世を重ねて、勘定奉行にまで上り詰めた。

腕が立つばかりでなく、頭も切れるのだ。

苦手な勘定のことで恥を掻かされた忠邦の恨みを買い、報復人事で左遷されて自暴自棄になっていたはずなのに、いつの間にか立ち直ったのも面白くない。

「名奉行、か……。ふん、大坂でも左様に呼ばれておったらしいの」

不快そうに口髭をひねりながら、忠邦はつぶやく。

目の前に引き据えられた定謙は、当年五十四歳。

五歳も上の相手に対し、忠邦は微塵も敬意を払ってはいなかった。

「うぬの命運も今宵限りと心得よ、駿河守」

うそぶく忠邦は脇息を前に置き、両肘を載せていた。

来客と相対するときは脇息を後ろに下げ、帰すまで用いぬのが武家の作法。

むろん、そんなことはもとより承知の上である。まともに相手にしていないと分からせるため、わざと不作法に振る舞っているのだ。

「…………」

定謙は一言も答えない。

裃ばかりか着物まで脱がされて襦袢一枚にされ、罪人の如く縛り上げられていながら文句ひとつ口にせず、黙って忠邦を見返していた。

そんな毅然（きぜん）とした態度も、忠邦にとっては不快そのもの。

目の前で思い切り打ち据えたいところだが、怒りに任せて痛め付けては傷が残り、覚悟の自害に見せかけようとしたときに矛盾が生じる。懐刀の面々が到着するまで、ここは我慢のしどころだった。


その頃、半蔵たちは範正の導きで水野の屋敷に向かっていた。

将軍のお膝元だけに、警戒は厳重そのもの。

当然ながら忍び込むのは至難だが、半蔵と範正が兄弟でがっちり手を組んだとなれば、鉄壁の護（まも）りをすり抜けるのも容易（たやす）い。

「こっちの道は見張りが手薄なはず……ほら、あの通りだ」

余裕も十分に、範正は一同の先を行く。

侵入の経路から番士たちの配置に至るまで、一部始終を心得ていた。

「さすがは上様の警固役だな。わが弟ながら見事なものぞ」

「俺はただの道案内だよ、兄上」

思わず感心する半蔵に、範正は抜かりなく念を押した。

「言っとくが、助太刀まではやらねぇぜ？」

「それで構わぬと申しただろう」

もちろん二人とも声を低め、気取（けど）られぬように行動するのを忘れていない。

「くどいようだが、後のことは与（あずか）り知らねぇぜ」

「心得た。ただし、万が一の折には佐和を頼むぞ」

「おいおい、縁起でもないことを言うんじゃねぇよ」

「念のためだ。おぬしならば安心だからな」

「そういうのを余計な気遣いだってんだ。死に急ぐんじゃねぇぜ、兄上」

「かたじけない……」

笑みを交わしながら、兄弟は先を急いだ。

後に続くお駒と梅吉も、声を低めて言葉を交わす。

「いいかい梅、おとっつぁん……いや、矢部に余計なこと言うんじゃないよ」

「分かってまさぁ、姐さん」

お駒と並んで駆けながら、にっと梅吉は微笑んだ。

共に盗っ人装束をまとい、懐には得物を忍ばせていた。

お駒は鉤縄、梅吉は棒手裏剣。

いずれも体の一部の如く自在に扱える、腕に覚えの武具であった。

半蔵は本身を『笹のや』の二階に置いて、代わりに刃引きを背負っていた。

何も合戦場に赴いて敵を討ち取り、手柄の証拠に首級を挙げたいわけではないからだ。忠邦の屋敷内を護る手勢には刃引きを喰らって昏倒してもらい、定謙を救出する邪魔さえしないでもらえれば、それでいい。

そう思えばこそ、斬れぬ得物を持参したのである。

影御用を始めたばかりの頃の、初心に返っての選択だった。

装いも黒羽二重から、着慣れた墨染めの筒袖と野袴に改めている。

預けたままになっていた着替えを、お駒が簞笥から出してきてくれたのだ。

悪事の手先として使役されていた頃を思い起こせば腹立たしいが、着物には何の罪も有りはしないし、どんどん袖を通してやるのが功徳というものである。

半蔵は軽やかに闇を駆ける。

夜陰に紛れ、監視の目を巧みに逃れ、老中屋敷を目指して走る。

以前の精悍さが完全に戻っていた。

伴走する範正の顔には、満面の笑み。

「いい顔してるぜ、兄上……」

後に続くお駒と梅吉も微笑んでいた。


夜が更けゆく中、二挺の乗物が門を潜っていく。

先に入った乗物が、玄関の式台に横付けされる。

降り立ったのは鳥居耀蔵。

後続の乗物の引きが開く。

降りてきたのは、賢しらげな顔をした男だった。

男の名は榊原忠義。耀蔵の後輩に当たる、公儀の目付だ。

共に裃姿である。

急遽呼び出しを受け、下城の途中に立ち寄ったのだろう。

一日の御用の疲れを毛ほども見せず、二人は廊下を渡っていく。

「おお、参ったか」

迎える忠邦は上機嫌。

縛り上げた定謙を引き据え、口髭をいじりながら笑っている。

定謙の一命は今や風前の灯だった。

忠邦への直訴を試みたのは、あくまで幕府の今後を案じてのこと。

しかし、誠意を受け取ってはもらえなかった。

飛んで火にいる夏の虫とばかりに縄を打たれ、今にも詰め腹を切らされようとしているのだ。

「おぬしならば何といたすか、甲斐？」

「そうですな……やはり乱心者に仕立て上げるのがよろしいかと」

答える耀蔵は冷静だった。

思わぬ光景を目の当たりにしながら面食らうことなく、淡々と忠邦に応じる顔には常の如く、表情がない。

一方の忠義は目を輝かせて嬉しそう。

「ははは……夏まだ遠しと申すに、これはまた大きな蟬が飛び込んで参ったものでございますなぁ」

「これ榊原、口が過ぎるぞ」

やんわりと宥めながらも、忠邦は楽しげだった。

懐刀の耀蔵だけでなく忠義も呼んだのは、定謙の始末を正当化するため。

如何に屋敷内で起きたことといえども、人ひとりが死んだとなれば、事を世間に知られるのは免れない。

まして、定謙は名奉行と評判を取った人物。

無理やり腹を切らせたと発覚すれば、江戸市中の民から怨嗟の声が上がるのは必定。

引き続き、後任の南町奉行である耀蔵に倹約令を徹底させる上でも下手を打つわけにいくまい。

そこで忠邦は一考し、現職の目付を呼んだのだ。

乗物の前に立ちはだかった真意を糺すために屋敷へ連れて行ったところ、突如乱心して斬りかかってきたため、やむなく成敗した――。

如何にもでっち上げと思われそうな話だが、忠義が居合わせたことにして証言すれば嘘もまこと。計画に漏れはないはずだった。

定謙は縄を解かれ、脇差を握らされた。

「かかれ」

忠邦の命を受け、襷掛けも物々しい家士の一団が進み出る。

しかし、斬りかかるには至らなかった。

「う！」

「ぐわっ」

家士たちが次々に薙ぎ倒される。

天井を破って突入した半蔵が、続けざまに刃引きを振るったのだ。覆面で顔を隠すことも忘れてはいない。

「や、矢を持てい！」

「鑓もじゃ！　早うせい！」

急を知らされ、別の一隊が駆け付ける。

すかさず鉤縄が飛び、棒手裏剣が撃ち込まれる。

「ほらほら、相手はこっちにもいるんだよ」

「へっへー。ざまぁみやがれサンピンどもめ！」

お駒と梅吉も覆面姿。

範正は戦いに手を貸さぬ代わりに、抜かりなく退路を確保してくれていた。

「大事ありませぬか、駿河守様！」

「かたじけない……」

励ます半蔵に、定謙は力強い笑みを返す。自害を装わせるために与えられた脇差が、今や頼もしい得物となって右の利き手に握られていた。

「斬り破るぞ。しかと付いて参れ」

「ははっ」

答える半蔵も、覆面の下で微笑んでいた。

六

夜更けの『笹のや』は静まり返っていた。

明かりを落とした土間に立ち、宇野幸内はひとりごちる。

「このままじゃいけねぇなぁ……」

己の為すべきことは分かっている。

後は迷わず、実行に移すのみ。

隠居といえども、軽はずみな真似はできかねる。

同じ幕臣、しかも格上の者を斬るとなれば、尚のことだ。

できれば任せておきたかった。

しかし、やはり他人任せはいけない。

「やらなきゃいけねぇよな、仁杉よぉ」

亡き友の名前をつぶやく、幸内の表情は穏やか。

不退転の決意を固めた後ならではの、落ち着いた心境に至っていた。

第四章　三角決闘の夜

一

範正の手引きで屋敷を脱した半蔵たちは追っ手をかわし、無事に呉服橋の辺りまで戻ってきた。

兄弟のつながりの強さが、天下の老中首座の計画を打ち砕いたのだ。

仇討ちを思いとどまって手を貸してくれた、お駒と梅吉の働きぶりももちろんあってのことだが、もしも範正が仲間に加わっていなければ、ここまで上手く事は運ばなかったに違いない。

そんな大事をやってのけた二人に、気負った様子はない。

とりわけ範正は自然体で、別れる際のやり取りも飄々としたものだった。

「じゃあな、兄上」

「かたじけない。衷心より礼を申すぞ」

「相変わらず堅いなぁ。型どおりの挨拶なんかいらねぇから、早く行きなよ」

「うむ」

うなずく半蔵の態度は、如何にも武骨。

続けて問う口調も、常にも増して訥々としていた。

「範正」

「何だい」

「おぬし、まことに大事はないのか……？」

さりげなく振る舞っているようでいながら、半蔵は不安を隠せずにいる。

弟と村垣家のことが、心配でならないのだ。

一方、笠井家は三河以来の直参とはいえ、百五十俵取りの軽輩にすぎない。

平勘定という役目も、先祖代々受け継いできたと言えば聞こえはいいが、所詮は小旗本が務める、幕府全体から見れば末端の御用でしかなかった。

どんなに努力しても報われず、勘定奉行どころか組頭に昇格することさえ至難の業というのが、算盤侍たちの重たく冷たい現実。

もしも佐和が男に生まれ、家を継ぐことができていれば破格の出世も有り得ただろうが、半蔵がどんなに励んだところで無駄骨折り。愛する妻が代々の役目に誇りを持っていなければ、算盤になど触りたくもない。

しかし範正は自分と違って、将来を嘱望される身だ。

村垣の本家はもちろんのこと、小十人組でも評価は上々。

生来の明るさと気前の良さが幸いして後輩たちからも慕われており、これより先の出世は間違いなしと上役に太鼓判を捺されている。

半蔵にとっても、誇らしい限りである。

自慢の弟の経歴に、万が一にも傷が付いてはいたたまれない。

手まで出してはいないとはいえ、天下の老中首座に逆らうような真似をさせてしまって、本当に良かったのであろうか――。

だが、そんな心配は無用だった。

「大丈夫だよ。何を問い詰められたって、知らぬ存ぜぬですっとぼけるさ」

「まことか、範正」

「当たり前だよ。そのぐらいの芸当ができずに、御城中の奥深くで御用が務まるはずがないだろう？　見聞きしたことをいちいち正直に答えてたら、何人の首が飛ぶか、わかったもんじゃないぜ」

さばさばした顔で範正は答える。

ただでさえ佐和の看護に三村兄弟との因縁、そして定謙を陰ながら護ることと諸々の課題を背負っている兄に、余計な不安を抱かせたくない。

そう気遣い、自然に取った態度であった。

弟の言葉を、半蔵は疑うことなく受け取った。

「成る程。強いのだな、おぬしは……」

「なーに、そっちこそ大したもんだぜ」

感心しきりの反応に、範正は莞爾と笑う。

「天下の老中首座の屋敷に乗り込むなんざ、並の度胸じゃできねぇことよ。がきの頃からどこか違うと思っていたが、やっぱり兄上は俺より強いや」

「無我夢中でやったことだ。何も褒められたことではあるまいぞ……」

「まぁまぁ、いいじゃないか。俺が勝手に、そう思っていたいってだけさね」

「かたじけない」

「じゃあな、兄上」

もう一度微笑(ほほえ)むと、範正は背中を向ける。

お駒と梅吉は両側から定謙を支え、半蔵が来るのを待っていた。

「大事はございませぬか、駿河守様？」

「うむ。おかげでな……」

定謙は存外に気丈であった。

長いこと縛られた体には痺(しび)れが残り、足もまだ思うように動かぬものの、意識はしっかり保たれている。

五十半ばに近くなっても、若い頃に鍛えた肉体は頑健そのもの。

敵の囲みを破るときにも奮戦し、鴨居に掛かった鑓(やり)を機敏に奪い取って、水野の家士たちを大いにたじろがせたものだった。

「先程のお鑓働き、まことにお見事でございました」

「うむ、何事も為せば成るのだな……。この歳になって思い知ったぞ、笠井」

「何よりにございまする」

一言一句に敬意を込めて、半蔵は告げる。

そんなやり取りに、お駒と梅吉は黙って耳を傾ける。

以前であれば主従めいた会話になど微塵も興味を示さず、嫌みを言ったり揶揄していたに違いない。満足に歩けぬのを見かねて肩を貸すどころか、捕らわれたのをそもそも助けにも行くまい。

相手を仇と見なす気持ちが、まだ完全に消えたわけではなかった。

火盗改の御用を果たすためとはいえ、鬼松と松四郎、そして一味の盗賊たちを非情に斬り捨てた定謙のことが、憎くないと答えれば嘘になる。

されど、今は無事に逃がすのが先決だ。

お駒も梅吉も、半蔵とのやり取りに黙って耳を傾ける一方で、歩みが遅れがちな定謙を促すことを忘れていない。

立派な心がけだが、範正ほど気遣いができているわけではなかった。

「おいおい、もうちっと急いでくれねぇと夜が明けちまうぜぇ」

「そうだよ駿河守さん。子どもじゃないんだからさ、しっかり動いとくれな」

定謙も、言われっぱなしでいるほど甘くはない。

「やかましいぞ、小童ども……」

告げる口調は重々しく、声は地の底から湧き上がるかのように太い。若い二人をたじろがせるには十分すぎる迫力だった。

「な、何だよぉ」

目を剝きながらも、梅吉は肩を支えるのまで止めはしない。

その点は、お駒も同じだった。

「何さ？　あたしらの物言いに文句でもあるのかい、駿河守さん？」

「当たり前ぞ……」

「だ、だったらはっきり言ってみやがれ。べらぼうめ」

負けじと反抗するお駒を、すかさず梅吉が援護する。

実の兄妹であるかの如く、呼吸が合っていた。

「ふっ……」

仲良く目を剝く様を交互に見やり、定謙は微笑んだ。

「な、何さ」

「気を抜いちゃいけやせんぜ、姐さん！」

「いい加減にせい、おぬしたち」

二人に告げる口調は先程までとは一転し、別人の如く穏やかだった。

「儂の望みとは他でもない、他人行儀な呼び方をするのを止めてほしいのだ」

「えっ？」

「官位を耳にするのは御城中だけで十分ぞ。定謙でも定の字でも構わぬ故、名前で呼んではもらえぬか」

「おいおい。だからって、いきなり定の字はないだろうが」

「そうだよう、長屋暮らしのおとっつぁんじゃあるまいし……ねぇ」

思わぬことを告げられて、お駒も梅吉も目を白黒させずにいられない。

戸惑う様を横目に、定謙は上機嫌。

「おとっつぁん、か……」

できれば常にそう呼んでほしいとまでは、さすがに言い出せなかった。

しかし、いつまでも感傷に浸ってはいられない。

もうすぐ『笹のや』に着くからだ。

ここまで来れば、ひとまず安心。

半蔵はもちろん、お駒と梅吉も安堵していた。

定謙を幾日も預かるとなれば、喜んでばかりはいられなかっただろう。

長いこと店を閉めていれば常連の客や隣近所から怪しまれるし、常の如く商いをしていて、定謙の姿を目撃されれば万事休す。今や耀蔵の意のままに動くようになってしまった南町奉行所の廻方同心たちはもちろんのこと、榊原忠義が日頃から市中を探索させている、配下の小人目付や徒目付の存在も無視できない。

されど、そこまで心配するには及ばなかった。

定謙に警固が必要なのは、あくまで今夜限りのこと。

朝になれば人目に付くため、敵も無茶ができなくなる。夜明けを待って辻駕籠を呼び、半蔵が供をして屋敷へ送り届ければいい。

まだ公儀の職に就いていれば城中に罠を張り、出仕してくるのを待ち伏せして始末するのも可能だろうが、今や定謙は無役の身。南町奉行の任を解かれるのと同時に、登城する義務も免除されて久しかった。罷免すると決めたのが他ならぬ忠邦自身である以上、今さら地団駄も踏めまい。

何はともあれ、籠城の心構えで今宵を乗り切るのだ。

同じ上つ方でも他の俗物どもとは違う、ひとかどの男と見込んだ人物を、あと一晩だけ護り抜くのだ——。

「参りましょうぞ、定謙様」

「うむ」

名前を呼ばれて微笑む顔を、半蔵は眩しげに見返す。

と、二人の視線が鋭くなった。

店の明かりが消えていることに気付いたのだ。

正しく言えば、真っ暗だったわけではない。

雨戸の隙間から漏れる光は淡く、か細い。

「こいつぁ瓦灯だな……」

上体を屈めた半蔵の肩越しに目を凝らしつつ、梅吉が小声で言った。

瓦灯とは、陶器に油を入れて火を灯す常夜灯のこと。同じく陶製の蓋が付いており、側面の窓から光が漏れる造りとなっていた。

「二階に置いといたのを、土間まで持ってきたんだろうぜ」

「解せぬな。何者が、そのようなことを……」

「そりゃ、宇野のご隠居しかいねぇだろうさ」

「あの御仁が何故、左様な真似をせねばならぬのだ？」

「そいつぁそうだが……」

「しっかりせい、梅吉。ここで不覚を取っては目も当てられまいぞ」

声を低めて叱咤すると、半蔵は視線を巡らせる。

黙ってうなずき、お駒が駆け出した。

軽やかに地を蹴って跳び、塀を足場にして屋根へとよじ登る。

抜け穴から忍び込み、中の様子を探ろうというのである。

「…………」

大胆な行動を、定謙は黙って見守る。

止めていればよかったと思い知らされたのは、さらに夜が更けてからのことだった。

二

一方、水野の屋敷は嵐が去った後の如き有り様だった。

廊下に面した障子はことごとく倒れ、襖はずたずたに破れてしまっている。

それでいて、死人は一人も出ていなかった。

定謙を押し包んで討ち取るはずだった家士たちは、突入してきた半蔵の刃引きによって薙ぎ倒され、広い座敷のあちこちに倒れて失神したまま。

弓を取って駆け付けた後続の一隊もお駒と梅吉に蹴散らされ、逃げたのを追うどころではなかった。やむなく中間と若党に追撃を命じたものの、日頃から碌に武芸の修練などしていない連中が、役に立つとは考え難い。

「下郎どもめ、よくもやりおって……」

「おのれ、ゆめゆめ許しはせぬぞ……」

どの者も悔しげに呻きながら、駆け付けた医者の手当てを受けている。

傷があるのは、腕の筋と足の甲のみ。鉤縄と棒手裏剣が当たったのは、いずれも致命傷にならない箇所ばかりだった。

怪我を負ったのは、家士たちだけではない。

別室に落ち着いた忠邦は、渋い顔を下座に向けた。

「大事ないか、榊原」

しらけた声から感じ取れるのは案じる気持ちではなく、不快の念のみ。

それでも老中首座の言葉となれば、謹んで答えなくてはならない。

今後も忠邦に取り入り続け、先輩の耀蔵にも増して出世を遂げたいと切に願う忠義にとっては、尚のことだった。

「恐れ入りまする、ご老中様……な、何ほどのこともございませぬ……」

「ならば苦しゅうない故、面(おもて)を上げてみよ」

「さ、されど……」

「苦しゅうないと申しておろう。早(はよ)うせい」

「は……ははーっ」

平伏していた忠義が、やむなく頭を上げていく。

賢(さか)しらげな顔の、上半分が見えてきた。

やけに臭いと思ったら、膏薬がべったり貼られている。

忠邦を庇って半蔵の前に跳び出し、柄頭の一撃を喰らったのだ。

刀とは斬り、突くばかりが能ではない。

敵の刃を受け止め、受け流して身を護る防具となり、命を奪うまでもない場合は叩き伏せるのにも用いられる、活殺自在の得物である。

身の丈が高く、動きも機敏で力強い半蔵が柄頭で当て身をすれば、忠義がひとたまりもなく転がされたのも当たり前。

庇われた忠邦としては、労わずに済ませるわけにもいかない。

「そのほうには礼を申すが、無茶をしてはいかん。命あっての物種ぞ」

「お……恐れ入りまする」

しきりに恐縮しながら、忠義はだらしなく頬を緩めていた。

天下の老中首座の盾になったのだから、誇らしいのも無理はない。

しかし、耀蔵の視線は冷たかった。

「………」

これ見よがしの振る舞いをして、同情と歓心を買おうとする忠義の浅ましさに呆れている。

されど、露骨に咎めはしない。

忠義には、役に立ってもらうことも多いからだ。

町奉行の権限は限りがあり、武家に力が及ばなかった。

だが現実には、士分の者が罪を犯すことが少なくない。

折に触れて目付の手を借りなくては、やっていけないのだ。

そんな実情は、かねてより忠邦も承知の上。耀蔵を南町奉行に昇格させた後の穴を埋める存在と見なし、目を掛けていた。

当の耀蔵としては、心中穏やかではない。

忠義は、このところ増長しつつある。

自分よりも格上の相手には殊更に下手に出るのが基本のはずなのに、南町奉行に任じられた後の耀蔵に対しては、大きい態度を取ることもしばしばだった。

そんな折に、今宵の事件が起こったのである。

どのみち忠邦が外聞を憚り、何もなかったことにするにせよ、目付が老中首座の盾となり、名誉の負傷をした事実は残る。半蔵たちに打ち倒された家士たちはやられ損というのに、忠義だけは得をするのだ。

以前の耀蔵ならば有無を言わせず、押さえ込んでいただろう。

しかし日頃から手を借りている以上、小賢しいと思っていても、忠義を認めてやらざるを得ない。

腹立たしい限りだった。

耀蔵は出世を遂げた代わりに、長らく行使してきた目付の権限を失った。

直参旗本と御家人を監察し、犯罪を摘発するためならば何をやっても差し支えなかった頃とは違うのだ。

それにつけても、忠義の不出来ぶりは目に余る。

かつて北町奉行だった父を持ち、当人も御用をそつなくこなしてはいるものの耀蔵から見れば、まだ甘い。

にも拘わらず自覚が足りず、忠邦に働きぶりを認められるよりも、歓心を買うことにばかり熱中している。何とも愚かな限りだった。

見逃してばかりでは、当人のためにもなるまい――。

耀蔵は、再び視線を巡らせる。

折しも忠義は意見を求められ、忠邦を相手に熱弁を振るっていた。

「こたびは流刑に処されるのが妥当でありましょう！　ご老中！」

話題の主は、矢部定謙。

南町奉行の職を失った身で、老中首座に意見をするに及んだのは不届き至極ということにして捕らえる方針を、忠義は提案していた。

取り入るためには機を逃さず、自分の意見を売り込まねばならない。

何であれ計算が入ると、忠義は頭の回転が速くなる。

その点は耀蔵も認めており、いずれ勘定奉行に任じられてもおかしくない人材と見なしていた。

忠邦も評価をしている以上、たとえ意に沿わぬことを提案されても、忠義の話は最後まで聞く。

今宵も常の如くだが、決して忠邦は他者の意見を鵜呑みにしない。故に耀蔵や良材といった老獪な面々を懐刀として日頃から手懐けておき、しっかりと吟味をさせるのだ。

委細を心得ている耀蔵は、黙って耳を澄ませる。

話を聞き終えた忠邦は、しばしの間を置いて口を開いた。

「何故、駿河守に腹を切らせてはならぬのだ、答えよ、主計頭」

「市中における駿河守様の人気は、未だに衰えを知りませぬ故……」

主計頭とは、忠義の官位である。

国の名を冠するお歴々に比べれば、朝廷においても格は下。故に、忠義はすでに罪人同然と見なされている定謙のことも忠邦の如く呼び捨てにできず、いちいち敬称を付けなくてはならなかった。

「南のお奉行に今一度と望む声も後を絶たぬと申しますのに、もしも駿河守様を空しゅうすれば、打ちこわしを招くは必定……どうかご考慮くださいませ」

「ううむ、腹立たしきことだのう」

忠邦は悔しげに口髭をひねった。

念を押されるまでもなく、市中の民が定謙を支持しているのは承知の上。

認めたくないことだったが、現実とあれば無視はできない。

理想に走りすぎた倹約令を押し付ける一方で、忠邦は冷静な判断をすることも心得ている。

こたびは将軍のお膝元たる江戸市中で騒ぎが起きるのを防ぎつつ、定謙の処罰を断行しなくてはならない。

切腹させれば、暴動になるのは必至。

しかも私怨(しえん)がらみの裁きと受け取られてしまっては、ただでさえ良好とは言いがたい、忠邦に対する世間の評価がさらに落ち込む。

ここは忠義の提案を受け入れ、寛大に済ませるのが妥当だった。

「……致し方あるまい。駿河守は流罪にいたす」

「重畳(ちょうじょう)にございまする」

忠義は満面に笑みを浮かべた。

額に貼られた膏薬の下にも、笑い皺が生じている。

しかし、調子に乗った提案はいただけないものだった。

「御預け先は肥後人吉(ひごひとよし)でいかがでしょうか、ご老中様?」

「人吉と申さば、相良(さがら)の城下であろう……埒(らち)もないことを申すな」

答える忠邦の口調は不快げだった。

しかし、よほど自信があっての考えなのか、忠義は引き下がらない。

「相良侯（こう）は乱世の昔より、精強の忍びを擁（よう）するご家中にございまする。あの相良忍群（にんぐん）ならば、笠井半蔵など足元にも及びますまい。駿河守様を取り戻さんとして暴挙に及んでも、返り討ちにされるは必定にございましょう」

忠義の提案は定謙の身柄を預ける、大名家の特色を踏まえたものだった。

九州は肥後国の南部一帯を領する相良氏は、石高が一万石ばかりの小名ながら隣国の島津（しまづ）氏に負けず劣らず、鎌倉の昔から続く名門の一族。戦国乱世には家中から丸目（まるめ）蔵人佐長恵（くらんどのすけながよし）という剣豪が出て、同じ新陰流に連なる一門でも徳川将軍が代々師事する柳生一門とは似て非なる、合戦場の様相を色濃く反映した剣技が体系化され、タイ捨流（しゃりゅう）として世に知られた。

忠義の言う「相良忍群」とは、このタイ捨流から派生した、藩主お抱えの隠密集団のことである。

忍術と剣術を併せ修めた集団は十組から成り、分担して九州沿岸の密貿易を取り締まる一方で江戸にも派遣され、城中で御庭番の監視役を務めている。

忍びといっても歴（れっき）とした武士であり、平素は大小の刀を帯びて羽織袴で過ごすので定謙に同情する振りをして近づける。もしも半蔵が江戸を遠く離れ、肥後に乗り込んできたときは正体を隠してさりげなく接近し、不意を突いて引導を渡すといった策を取るのも容易いだろう。

だが、耀蔵には首肯できかねた。

「失礼をつかまつりまする」

忠邦に一言断りを入れ、訝る忠義を廊下に連れ出す。

「何事ですか、お話中にございますぞ」

「そのお話が拙いと申しておるのだ、阿呆」

「そんな、ご無体な」

「無体なのはおぬしぞ、榊原……。ご老中が元をただせば唐津六万石のお大名であられたのを、今さら存ぜぬとは申せまい」

「あっ……」

「得心したか」

「も、申し訳ありませぬ」

「お詫びならばご老中に謹んで申し上げよ。儂も口添えしてやろうぞ……」

忠義を促し、耀蔵は座敷へと戻っていく。

かつて水野家が代々治めた唐津藩は、長崎沿岸の護りを固める役目を公儀から任されていた。相良藩と同様の立場だったわけである。

役目を全うするため九州の地に縛り付けられるのを嫌がり、自ら国替えを願い出た忠邦にとって、相良を頼るというのは不快な話。ご機嫌取りに励む忠義らしからぬ失態だった。

どうにか忠邦の機嫌も直り、辞去した耀蔵が数寄屋橋の南町奉行所に向かったのは、夜四つ（午後十時）間際になってからのこと。

乗物を担ぐ、陸尺（ろくしゃく）たちの足の運びは速い。

町境の木戸が閉じられる刻限に間に合わせるためだった。

何も足止めをされるわけではないが、仮にも南町奉行が夜更けに出歩いていると世間に知れては、江戸の民を取り締まる上で示しが付くまい——。

耀蔵は左様に考え、できるだけ夜間の外出を控えるように心がけている。

しかし定謙が下城中の忠邦に無礼を働き、老中屋敷に連行されたと知らされては放っておくわけにもいくまい。故に真っ直ぐ下城するのを諦めて、西ノ丸下に立ち寄ったのである。

蓋を開けてみれば、話にもならない茶番だった。

定謙にはまんまと逃げられ、無駄骨を折っただけのこと。

忠義の如く怪我をしたわけではなかったが、気分は最悪。

（よくもふざけた真似をしおったな、笠井半蔵……）

覆面で顔を隠していても、正体は察しがついた。

もしも三村左近を伴っていれば、敵の思いどおりにはならなかっただろう。

しかし今、耀蔵の手許に居るのは、愚かな弟のみ。

しかも、今宵は供さえしていなかった。

役立たずの烙印を押されて以来、右近は開き直っていた。

部屋に籠もって働きもせず、毎日だらだら過ごしている。

耀蔵は食事の膳など運ばせてもいなかったが、勝手に台所に出没して飯と菜を盗み食うばかりか、飯炊き女にまで手を出す始末。愚かなくせに、やること為すことが厚かましい。

愚かだから、厚かましいと言うべきか。

（役立たずめ）

そうは思っていても、口には出せない。

右近はすべての経緯を知る、生き証人だからだ。

身柄が敵の手に渡れば、取り返しのつかないことになる。

さりとて、なまじ腕が立つので、口を封じてしまうのも難しい。

（左近め、早う戻らぬか……）

間違いないと見込んで密命を下し、御用旅に出したことが仇になるとは、切れ者の耀蔵らしからぬ誤算であった。

三

漆黒の闇に包まれた『笹のや』では、半蔵が文字どおり、抜き差しならない状況の下に放り出されていた。

「………」

定謙を庇（かば）いつつ、まったく動けずにいる。

土間に立ち込める空気が重たい。

前方には左右に分かれて立つ、二人の男。

一人は宇野幸内である。大小の刀を帯び、両腕を体側に下ろした自然体。

「うぅっ……」

足元ではお駒が目を閉じ、気を失ってぐったりしている。

不意を突かれ、当て身を喰らわされたのである。

信用を逆手に取った、幸内の仕業だった。

店の中に入ってきたお駒を出会い頭に失神させて、人質に取ったのだ。

留守番を頼まれておきながら、酷い裏切りと言うしかあるまい。

半蔵ならずとも、怒らずにいられない状況だった。

どうして、幸内はこんな真似をするのか。

何だかんだと言いながら同情し、見守ってくれていたのではないのか。

すべては老獪な芝居とでも言い出して、開き直るつもりなのか。そんな態度を取られたら、決して許すまい。

半蔵は、自分まで裏切られた心境だった。

（ただでは済まさぬぞ、ご隠居……）

できることなら声に出し、思いきり怒鳴り付けてやりたかった。

理由を問いたいのはもちろんのこと、お駒の寄せる信頼を裏切ったことを後悔させてやりたい。しかし、半蔵も迂闊には動けなかった。

幸内の他にもう一人、手強い相手が控えているからだ。

屋根の抜け穴から入り込んだと思しき、その男は旅から戻ったばかりらしい。

まだ手甲を外しておらず、草鞋も履いたままでいる。

濯ぎを使っていない足元は、脚絆まで埃まみれ。店の客が腰掛け代わりにする空き樽の上には、古びた編笠が置かれていた。

どこを見ても、道中での苦労ぶりが察せられる。

しかし、その男——三村左近は微塵も疲れを見せずにいる。

悠然とした立ち姿も、半蔵と幸内に交互に向けてくる視線も、揺るぎない余裕を感じさせた。

左近の足元には梅吉が転がっていた。お駒と同様、当て身を喰らったらしい。

二人が目を覚ましてくれれば、半蔵も反撃に転じるのは可能だった。

お駒と梅吉を逃げ出させ、機を逃さず刀を抜き合わせた後は、腕に覚えの技を振るって真っ向勝負するのみ。

左近が手強いのは、もちろん分かっていた。

それでも人質さえいなくなれば、戦い様はあろうというものだ。

だが、肝心の二人は失神したまま。

先程から、立ち上がる気配も見せずにいる。

これでは、まな板の鯉そのものではないか――。

「く……」

半蔵は緊張を隠せなかった。

思うように動けないのは、幸内も同じ。

お駒が人質として役に立つのは、あくまで半蔵に対してのみだ。

そんなことは、幸内も承知の上である。

左近に対しては盾にさえならないのも、最初から分かっている。

故に、下手には動けぬのだ。

左近はお駒に対し、もとより情も何も抱いていない。

その気になれば幸内ともども一刀の下に、まとめて斬り伏せてしまえるだけの剣の技量も備わっている。

むろん、左近も油断は禁物だった。

半蔵と幸内が結託し、同時に仕掛けてくれれば、さすがの左近も手に余る。

それにしても、土間は暗い。

飯台の上に瓦灯が据えられてはいるものの、蓋の窓からか細い光を放つばかりの照明では、互いの顔もはっきりと見て取れはしない。

この状況は、やはり誰にとっても不利なのか。

あるいは逆に考え、有利と見なして攻勢に転じるべきなのだろうか——。

いずれにしても、男たちは今のままでは居られなかった。

幸内は定謙を、左近は半蔵をかねてより狙っていたものの、これまで仕掛ける機になかなか恵まれずにいた。

そんな幸内に、ついに好機が訪れたのだ。

留守番を頼まれていながら裏切るとは、半蔵にしてみれば許せぬことだ。

お駒と梅吉にとっては、尚のことだろう。

二人は幸内を今日まで信じてきた。

盗っ人として捕らえておきながら、見逃してもらった恩もある。

町方与力あがりの厄介な手合いで、早く仇討ちをしろと折に触れて強いられるのが鬱陶しくもあったが、信頼を預けていたのは事実だった。

そんな二人に、幸内は手のひらを返したのだ。

お駒を人質に取って半蔵の動きを封じ、定謙を斬ろうとしているのだ。

現役の与力であれば、許されぬ真似であろう。

だが幸内は職を辞し、隠居して久しい身。

だからと言って大身旗本に挑みかかり、命まで奪えば無事では済むまい。

それでも、仇を討たずにいられないのだ。

小伝馬町の牢屋敷で死んだ五郎左衛門は、幸内にとって無二の友。

無残な最期を遂げるきっかけを作った張本人と思えば、定謙に対する憎悪の念は高まるばかりだった。

幸内の立場になって考えれば、今こそ千載一遇の好機に違いない。

半蔵にとっては、望ましくない状況である。

二人を相手に、同時に戦わなくてはならないからだ。

凡百(ぼんびゃく)の手合いならば、幾人来ようと恐れるに値しない。水野の屋敷で家士たちを一蹴したのと同様に、薙ぎ倒してしまえばいい。

だが、幸内と左近は揃って腕利き。

いずれも半蔵の上を行く、手練(てだれ)なのだ。

しかも二人と同時に戦わねばならないとは、何たることか——。

半蔵の顔は汗まみれ。

足も小刻みに震えている。

対する幸内と左近は、いずれも落ち着き払っていた。

「…………」

「…………」

警戒しながらも、固くなってはいない。

互いに相手がどう出るか、どう来るのかを冷静に見計らいつつ、いつでも機敏に動けるように、力の抜けた自然体で立っている。

一対二の戦いになるという条件は、いずれも同じ。

しかし、分が悪いのは明らかに半蔵だった。

幸内については、年季の違いというものであろう。

一方の左近は、半蔵より五つも年下だ。

にも拘わらず、たたずまいは泰然自若なのだから手に負えない。

果たして、付け入る隙は見出せるのか。

今や半蔵に自信は皆無。まったく勝てる気がしない。

「くっ……」

半蔵は思わず呻いた。

心の臓の動悸が、激しさを増す。

胃の腑の辺りが、きりきり痛い。

押し寄せる緊迫感に、半蔵は次第に耐えられなくなりつつあった。

半蔵が二人の強敵と相対する破目になったのは、お駒に続いて梅吉まで店に入ったまま、姿を見せなくなったからだった。

半刻（約一時間）前のことである。

屋根裏の抜け穴から中に入ったお駒は、幾ら待てども戻ってこなかった。

焦れた梅吉が様子を見に走ったが、やはり返事が何もない。

(妙だな……)

半蔵は嫌な予感がした。

(もしや、虜にされたのではあるまいか?)

有り得ぬことだとは思いたい。

お駒も梅吉も、若いながらも慎重な質だからだ。

盗っ人あがりだけに、もとより用心深い。

もしも『笹のや』に何者かが忍び込んでいたとしても、いつもの二人であれば速やかに察知し、反撃に転じることができるはず。

待ち伏せをされること自体が、そもそも有り得ない。

あらかじめ、幸内には留守番を頼んでおいたからだ。

しかし、その幸内が不意を突かれ、敵の侵入を許したとすればどうか。

そうならば、お駒と梅吉は飛んで火に入る夏の虫だ。

一刀流の遣い手で、老いても腕利きのご隠居に任せたのだから一安心と思ってお駒と梅吉が油断し、店に戻ったとたんに捕まって、人質にされてしまった可能性が皆無とは言えまい。

現に店の一階も二階も、明かりはずっと消えたまま。

それでいて、争う物音が聞こえて来ないのも気にかかる。

あの二人に抵抗の余地も与えぬほど、敵は腕が立つのだろうか。

斯（か）くなる上は、残る二人で助けに向かうしかない。

「参りますぞ、定謙様」

「心得た」

即座にうなずき、定謙は半蔵の後に続いた。

かくして半蔵は裏の路地に入り込み、勝手口の戸をこじ開け、瓦灯がぽつんとひとつ灯されているだけの『笹のや』に乗り込んだ。

目の当たりにしたのは、思いもかけない状況だった。

一人は留守番を頼まれたのを幸いとばかりに、わざと中を暗くして誘い込んだお駒を人質に取った宇野幸内。

そして梅吉を失神させたのは、密かに入り込んでいた三村左近。

招かれざる客である左近のことを、幸内はまったく恐れていない。

「お前さん、三村右近の兄貴だろう」

「左様と申さば、何とする」

「へっ、今すぐどうこうしやしねぇよ……いよいよとなりゃ、弟のとばっちりで死んでもらうことになるかもしれねぇがな」

「左様か……」

剣呑なことをさらりと言われていながら、左近は平然としていた。

「俺を敵に廻す所存ならば、余計なことは申さずかかって参れ」

幸内に告げた言葉ではない。

左近の狙う相手は笠井半蔵、ただひとり。

粗削りながら伸びしろも十分な、半蔵の成長を見届けた上で倒したい。

昨年に戦いの場で相対して以来、左近はそう願い続けてきた。

期待に応え、半蔵は腕を上げてきた。

一年越しの願望を、今こそ叶えたい。

そう思い始めるや居ても立ってもいられなくなり、あるじの鳥居耀蔵から仰せつかった影の御用の旅先から江戸へ戻って早々に、手甲脚絆と草鞋履きのままで呉服橋の『笹のや』へと向かったのだ。

矢部定謙のことなど、最初から左近は眼中になかった。

しかし、幸内は違う。

筒井政憲を失脚させて南町奉行の座を奪ったばかりか、親友の仁杉五郎左衛門まで無惨な死に至らしめた定謙をどうしても許せずに、自ら裁きを下す決意を固めていた。

半蔵が定謙の身柄を奪回し、必ず戻ってくると信じて待ったのは吉と出た。

左近一人が邪魔をしに割って入ったぐらいのことで、動じはしない。

それにしても、幸内の行動は強引すぎる。

仇討ちに踏み切るのを渋られたとはいえ、お駒を人質にしてまで定謙を討とうとするとは、明らかに行き過ぎである。

何がここまで幸内を駆り立てるのか――。

理由は当人の口から明かされた。

「なぁ左近さん。おめーの弟はほんとにひでぇ奴だよなぁ」

「おぬし、何が言いたい？」

「ふっ……それじゃ、聞かせてやろうかね」

皮肉に笑って、幸内は先を続けた。

「仁杉は自害じゃねぇ。右近の野郎に引導を渡されたのよ」

「えっ……」

半蔵が言葉を失う。

一方の左近は黙ったまま。もとより承知のことだったらしい。

「まぁ、いかにも耀甲斐がやらせそうなことだぜ」

幸内は淡々と続けて言った。

「牢名主の高野先生が嘆いていなすったよ。仁杉は飯の量まで減らされて、毎日食うや食わずだったそうだ。俺に一言弱音を吐いてくれればいいものを、無理に無理を重ねやがって……そんなざまじゃ、酔っ払った右近にだって勝てるはずがあるめぇ。耀甲斐の野郎、そこまで考えを巡らせていたに違いねぇぜ……」

つぶやく言葉は呪詛めいていた。

「ご隠居」

堪らずに、半蔵は呼びかける。

五郎左衛門を想う余りのこととはいえ、こんな真似は止めてほしい。

しかし、幸内が手を引いてくれる気配はなかった。

「すまねぇな半さん、手前勝手なことに付き合わせちまって」

「…………」

「こんな真似をしたって仁杉が生き返るわけじゃなし、何にもなりゃしねぇのは俺だって承知の上さね……だけどよぉ、昔みてぇに馬琴を読んだり、畑いじりをしたりして気楽に過ごす気には、どうしてもなれねぇんだよ」

「お気持ちは重々お察しいたす……」

半蔵は慎重に答えた。

下手をすれば、幸内は性急な真似をしかねない。

お駒も梅吉も気を失ったままで、しばらくは目を覚ましそうにない。

定謙も体力が限界に来たらしく、板壁にもたれて苦しげに息を吐いていた。

この暗い土間で今、満足に動けるのは半蔵と幸内、そして左近の三人のみ。

その左近が如何なる行動に出るのかが、一番の懸念だった。

誰が誰を狙うのか分からぬ三角決闘は、否が応にも緊張を強いられる。

半蔵も、先程から息が上がりつつあった。

幸内も元気そうでいながら、やはり寄る年波を感じさせる。

対する左近は、覇気(はき)も十分。

その気になれば半蔵と幸内を続けざまに、抜き打ちに斬って捨てることも可能だろう。そうなれば人質に取られた梅吉も無事で済むまいし、お駒と定謙も父娘(おやこ)揃って引導を渡されるのは目に見えていた。

左近は耀蔵の子飼いの剣客。

弟の失態を穴埋めするのは、当然の責だ。

左近は責任感が強い男。

悪事に手を染めてはいるが、真っ当な部分もあるのだ。

兄弟の仲はどうあれ、右近の尻拭いをするのを投げ出しはしないだろう。

その尻拭いをされることが、半蔵と幸内にとっては命取りとなるのだが――。

臆(おく)していても始まるまい。

何も知らずに帰りを待つ佐和のためにも、生き延びなくてはならないのだ。

「く……」

半蔵は懸命に息を整えた。

呼吸が乱れたままでは満足に戦えない。

刀を抜きざまに斬って突く、居合においては尚のことである。

左近がいつ仕掛けてくるのか分からぬ以上、臨戦態勢を取らねばならない。

幸内も、同じことを始めていた。

「…………」

「…………」

臍下丹田(せいかたんでん)に息を落とし込み、肩の力を抜いた自然体は、理想の立ち姿にして臨戦態勢とされている。

とはいえ、好んで勝負を仕掛けるわけではなかった。

相手が挑んでこなければ、こちらも刀に手を掛けるには及ばない。

すべては左近次第であった。

「…………」

「…………」

二人の鼓動が高まっていく。

左近が一歩、前に出た。

両手を体側に下ろしたまま、勝手口の前に立つ。

刹那、ぐわっと左近は振り向く。

幸内が放った殺気を受けてのことだった。

居合の技は、向き合う者の気配と動きに応じて発揮される。危害を加えようとしない限りは「相手」であって「敵」ではない。

その瞬間、幸内は左近の敵になりかけた。

刀を抜き合わせていれば、どちらかが斃(たお)れていただろう。

とっさに阻止したのは半蔵。

意識を取り戻したお駒が、よろめき出ようとする寸前のことだった。

「ご隠居！」

鋭く告げると同時に、左近の正面に立ちはだかる。

一瞬でも敵意を向ければ、斬られてしまっていただろう。

刀に手を掛けるのも、自らは敵であると吹聴するようなもの。

故に、半蔵は体のみを張ったのだ。

これでは左近も手を出せない。

こちらが抜き身を握って攻めかかれば、とっさに抜き打っていただろう。

だが、半蔵はあくまで立ちはだかったのみ。

大きな体を盾に変え、お駒を護ろうとしただけだった。

「きゃっ」

広い背中にぶつかり、お駒が小さく悲鳴を上げる。

「だ、旦那……」

「下がっておれ」

「だって、ご隠居を死なせるわけにゃいかないよ」

「拙者が護る。任せよ」

戸惑うお駒に、半蔵は静かに告げる。

両の腕を左右に拡げ、左近の気を引こうと懸命である。

その左近はと見れば、刀から手を離していくところであった。

まだ鯉口（こいぐち）は切られていない。

半蔵の反応がほんの一瞬でも遅れれば、刀身が露わになっていただろう。

必死の行動が功を奏し、電光石火の抜き打ちを見事に阻んだのだ。

しかし、幸内はまだ諦めてはいなかった。

「この野郎！　余計な真似をしやがって！」

半蔵の背中を睨み付け、怒りの声を張り上げる。

しかし、前には踏み出せない。

いつの間にか定謙が背後から忍び寄り、羽交い締めにしていたのだ。

幸内と定謙は、ほぼ同じ世代。

剣の技量は幸内が上を行くが、体格は定謙が勝っている。前に気を向けていた隙を突かれ、がっちり抱え込まれて動くに動けなかった。

「は、放しやがれ!!」

「そうは参らぬ……」

定謙は締め上げる力を緩めない。疲れ切った五体に鞭打ち、凶行を止めようと懸命になっていた。

「こ、この野郎……」

幸内は目を白黒させる。

背後から両肩を抱え込まれ、ぎりぎり締め付けられては、さすがの手練も抜刀するには至らない。

「ど……どこまで人を虚仮にすりゃ気が済むんでぇ……」

堪らずに手を伸ばしたのは、帯前の脇差。

刀は両腕、特に左の腕を十分に使って鞘を引かなくてはならない、刀身の短い脇差ならば、肘から先を動かすだけで抜くことができる。

左近との対決を阻止された幸内は標的を定謙に替え、亡き五郎左衛門の無念を晴らす所存なのだ。

「何すんのさ、ご隠居！」

寸前に駆け寄ったのはお駒だった。

盾になってくれた半蔵を放り出し、憎い仇であるはずの定謙を護るため、今度は彼女が体を張ったのだ。

「そんなもんを抜いてみな。ただじゃ済まさないよ！」

気丈に言い放つお駒は、幸内の正面に立っていた。

間合いをぎりぎりまで詰め、ほぼ体がくっついている。

これでは幸内も脇差を抜くことができない。

強いて抜刀しようとすれば、まずお駒を斬らねばならなくなる。

鞘を払う代わりに、幸内はじろりと視線を返した。

「やかましい。ひよっこはすっこんでな……」

声を低め、押しを利かせた脅し文句だった。

それでも、お駒は参らない。

「へっ、誰がひよっこなのさ」

童顔をきりりと引き締め、告げる口調は果敢そのもの。

内容も辛辣な限りであった。

「そっちこそ、じじいが何を言ってんだい？　年寄りは宵っ張りなんかしないで早いとこ帰って寝ちまいなよ」

「じ……じじいだと……!?」

幸内は耳を疑った。

強く出られる立場ではないのを、お駒は重々承知しているはず。

憎い仇の定謙を庇うために幸内を罵倒し、体まで張ることなど有り得ない。

しかし、お駒の行動は止まらなかった。

「ご隠居さんって呼んでほしけりゃ、無体な真似は止しとくれな」

臆することなく、さらりと続けて言い放つ。

「やい、じじい。おとっつぁんから離れろ！」

「えっ……」

幸内は、また耳を疑った。

これは一体、どういう心変わりなのか。

お駒は定謙のことを、憎悪して止まずにいたはずだ。

血が繋がっていても父と見なすことなく、母親を見捨てた上に死に至らしめた憎い相手としか思っていない。そう承知していればこそ、幸内はお駒に仇討ちを再三促し、手を貸そうともしたのである。

幸内とて、伊達に鬼仏と呼ばれていたのとは違う。

相手が外道ならば容赦はしないが、情状酌量の余地があると見なせば前科者であってもとことん信じ、救うためには体を張るのも厭わず、一与力の分を越えて数多の命を救ってきた。

お駒のことも、利用しようとしか考えていなかったわけではない。

子が親を空しくするという、たとえ道理に反する所業であっても、母と育ての父を殺された無念を晴らしたいのであれば、止むを得まい。そう思って盗っ人の罪を見逃し、隠居してからも手を貸してきたというのに、どうして土壇場で裏切られなくてはならないのか――。

「御免よ、ご隠居」

「な、何でぇ」

混乱を隠せぬ幸内に、お駒は臆せず告げた。

「やっぱり無理だよ。どんな外道でも父親と思えば、すぐ目の前で斬られちまうのを見殺しになんかできやしない」

「お駒、おめぇは……」

「お願いだよ。おとっつぁんを放してやっておくれな」

「ふ、ふざけるない！」

「ふざけてなんかいやしないさ。親子の名乗りを邪魔をしないどくれ」

「そいつぁこっちの言うこったぜ。邪魔するんじゃねぇ!!」

声を荒らげつつ、幸内は機敏に体をさばいた。

両の肩から力を抜き、定謙を振りほどく。

腕を取って投げ飛ばしたのは、ほんの一瞬後のこと。

「うぬっ……」

定謙が焦りと怒りの入り混じった声を上げる。

半蔵と左近も、思わず視線を奪われる。

しかし、助けるのは間に合わない。

代わりに動いたのはお駒、そして梅吉だった。

「姐さん！」

「あいよ！」

阿吽の呼吸で声を交わし、両側から定謙に飛びつく。容赦なく投げ飛ばされた定謙が、土間に頭から叩き付けられる寸前のことであった。

「やれやれ、間に合ってよかったぜぇ……」

汗を拭き拭き微笑む梅吉は、いつの間にか復活していた。

左近に喰らわされた当て身の衝撃が薄らぎ、意識さえ戻れば行動は早い。

半蔵が左近を釘づけにしてくれているとなれば、尚のこと好都合。

梅吉は先程から気が付いていながら立ち上がらず、お駒と幸内のやり取りに耳を傾けていたらしい。故に状況の変化を機敏に察知し、定謙の窮地を救うこともできたのだ。

「大丈夫かい、駿河守さん？」

「か、かたじけない……」

ぎこちなく礼を告げながらも、定謙はお駒と梅吉に助けられたことがまだ信じられぬ様子だった。

「そのほうまでが、何としたのだ……？」

「仕方ないだろ。姐さんが許したのに、俺だけ意地を張るわけにもいくめぇ」

「梅吉……」

「これからお裁きを受けるんだろう。姐さんのためにも、親父の貫禄ってやつを上つ方のお歴々に見せつけてやんなよ。そうしてくれりゃ、俺はもういいや」

そう言って、梅吉は気のいい笑顔を定謙に向ける。

収まらないのは幸内だった。

「てめぇら、何を勝手に折り合いを付けてやがる！」

「うるせぇなぁ、黙ってろい」

梅吉はじろりと幸内を見返す。

「俺ぁこちらさんに合力するって決めたんだ。隠居のくせに御用風を吹かせようなんて野暮な真似しなさんな」

「梅、てめぇまで心変わりしやがったってのかい!?」

「仕方あるめぇ。あんな気遣いを見せられちゃあな」

「気遣いだと？」

幸内は首を傾げる。

半蔵と左近も訳が分からずにいた。

「ま、お前さん方が気付いていなかったとしても無理はあるめぇ……」

ふっと苦笑し、梅吉は言った。

「駿河守さんはさっきから、ずっと姐さんを見守っていなすったのよ。ご隠居が斬り合いをおっ始めたら、すぐにでも跳び出して盾になろうってぇ気構えが俺にはびんびん伝わってきたぜ」

「故に許すと申すのか、梅吉」

「そういうこったな、旦那」

半蔵の疑問にさらりと答え、梅吉は微笑む。

だが、幸内はまだ収まらない。

「おめーら、そいつは仇じゃなかったのか！」

しかし、いきり立っても無駄だった。

「うるせぇって言ってんだろ？　とっとと帰りやがれい」

「あたしらは口開けの支度もしなくちゃならないんだよ。ご隠居、すまないけどいい加減に退散しとくれな」

梅吉に続いて、お駒も臆さずに退去を促す。

度胸満点の態度を前にしては、幸内も刃など向けられない。

しかも定謙まで、口を挟んでくる始末であった。

「勘弁してやってくれぬか、宇野」

「おいおい、お前さんの出る幕じゃねぇだろう？」

「そうは参らぬ。娘のためならば、な」

「ちっ……」

そんな言い合いをよそに、左近は再び勝手口に向き直る。

今度こそ、足を止めることはなかった。

「お駒を返してくれぬか、ご隠居……」

振り返ることなく去りゆく左近の背中を見送りながら、半蔵は言った。

「申し訳なき限りなれど、事ここに至っては致し方あるまい」

「………」

「このとおり、頼む」

そう告げるや、半蔵は深々と頭を下げた。

立ったままでの礼とはいえ、直参旗本がすることではない。

幸内としては、受け入れざるを得ない謝罪だった。

「……顔を上げてくんな、半蔵さん」

「ご隠居」

すっと半蔵は上体を起こす。

幸内は渋い顔で立っていた。

「ほらよ」

お駒の肩をとんと突き、自らは踵を返す。

「かたじけない、ご隠居……」

半蔵は息が乱れていた。

緊張の解けた反動が、今になってドッと来たのだ。

「分かったよ。邪魔したなぁ……」

幸内の呼吸も苦しげだった。

四

そして三月二十一日、矢部定謙に裁きが下った。

判決は流刑。預かり先は、伊勢国の桑名藩と決定された。

「お役目大儀にござる……」

定謙は浅葱色の裃姿となって使者を迎え、上意を伝える書を受け取った。

侘び住まいの門前では、迎えの乗物が待っている。

このまま切腹させてもらえたほうが、当人としては有難い。

だが、水野忠邦はあくまで非情だった。

もとより豪胆な定謙に自害を命じれば喜んで受け入れ、見事な最期を遂げるであろうことは目に見えている。

そうなれば噂が噂を呼び、さすがは南の名奉行だった御方として、江戸市中の民の間で評判となることだろう。

傑物の定謙を罷免して、悪評高い耀甲斐を後釜に据えた忠邦に対する憎悪の念も同時に高まり、下手をすれば打ちこわしまで起きかねない。

そこで忠邦は熟慮の上、流刑の裁きを下させたのだ。

定謙が生きている限りは、誰も忠邦を非難できない。温情を以て一命は助けたということにしておけば、幕閣内から起こる批判もかわすことができる。

何ともしたたかな計算である。

範正から話を聞いた半蔵は、いたたまれない気持ちで一杯だった。

（上つ方とは、まことに冷たきものぞ。武士の情けがあらば、飼い殺しの憂き目など見させるはずがあるまいよ……）

どうして有為の士が一線から退かされるばかりか、流刑にまでされてしまうのだろうか。

つくづく理解しがたいことである。

半蔵にも、政が単純なものではないのは察しが付く。

だが、有為の士が邪魔者扱いされるのは納得できない。

戦国の昔であれば存分に力を発揮し、出世を重ねたであろう人物も今の世では上手く行かず、むしろ生きにくくなる始末。

（このままではいかん）

半蔵は決意した。

上つ方の横暴が続くのは、もはや許しておけなかった。

今一度、敬愛する定謙を助けるために乗り出したい。

とはいえ、笠井の家名を汚すわけにはいかない。

裁きが下った以上、今や定謙は罪人扱いの身。

庇い立てすれば、半蔵も無事では済まない。

となれば婿の立場を捨て、離縁してもらうより他にあるまい。

愚かな考えなのは分かっている。

しかし、半蔵はそうせずにいられない。

急に決まった定謙の処分を知らせるため下勘定所に駆け付けた範正と別れ、駿河台の坂をずんずん登っていく。

（許してくれ、佐和）

自分なりの大義を果たすために、憂いも迷いも余さず振り切って、屋敷に戻って愛妻に終の別れを告げるつもりであった。

第五章　父として

一

（殿様と呼ばれるのも、今日限りか……）

しみじみと胸の内でつぶやきながら、半蔵は笠井家の門を潜っていく。

旗本の家の当主は、殿様と呼んでもらえる。

半蔵の場合はわずか百五十俵取りの軽輩、しかも婿の身だったが、されど世間の扱いは優しく、それなりに殿様扱いをしてもらえた。

未練がないと言えば、嘘になる。

しかし、こたびばかりは思い切らねばならなかった。

屋敷を出ようと決意したのは、これが初めてのことではない。

婿入りしてから十年の間に、繰り返し、幾度となく夢想してきた。

もう嫌だ。耐えきれない。

どうして佐和はあんなにキツいのか。

あくまで武士は行住坐臥、高潔で有り続けなくてはいけないのか。

理解できない。

この家の婿、あの女の夫で有り続けるなど、とても無理な相談だ。

いっそ離縁してもらおう。

今日が無理なら、明日こそ実行に移そう。

こちらから先に三行半を叩きつけ、晴れ晴れと屋敷を出て行こう——。

ほぼ毎日が、そんな葛藤の繰り返しだった。

状況が変わったのは一年前。

思いがけず影御用を仰せつかり、幕府の上つ方同士の争いに巻き込まれ、半蔵は三十過ぎにして成長し始めた。

少年の頃から苦手なまま克服せずにいた算盤を一から学び直し、算法の勉強にも初歩から取り組み、相変わらず不器用ながら少しずつ、手ごたえを得られるようになってきた。

学問も剣術も、向上する喜びは変わらない。

算盤勘定や算法のように社会に出てこそ役立つ、まさに実学と呼ぶべきものは尚のことだ。

しかし今度ばかりは、本気で思い切らねばならなかった。

地道に励んで何とかなるのであれば、今さら労を惜しむ半蔵ではない。

こたびの決意は、笠井家に迷惑をかけたくない一念ゆえのもの。

定謙を逃がせば、半蔵は天下の大罪人。

婿の立場のままで、迂闊に事を起こすわけにはいかない。

ここは後ろ髪を振り切って、離縁を認めてもらうしかあるまい。前もって理由を明かせぬだけに、納得させるのは難しいだろう。

それでも、累を及ばせぬためにはやるしかない。

断腸の思いを噛み締め、半蔵は玄関に立つ。

誰も迎えには出てこない。

（ふっ、最後まで締まらぬことだな……）

半蔵は苦笑しながら雪駄を脱ぎ、左腰に帯びた刀を外す。

それにしても妙だった。

佐和と女中たちはともかく、中間と若党の姿も見当たらない。庭に居るのかと思いきや、箒は放り出されたままだった。

あるじをほったらかすのはともかく、せめて庭掃除や屋敷の手入れは手抜きをせず、励んでいてもらいたいものだ。

（あやつらにしっかりしてもらわねば、俺も安心して屋敷を出られぬ……さりげのう活を入れてやらねばなるまいな）

そんなことを考えながら、半蔵は廊下を渡っていく。

と、縁側から苦しげな声が聞こえてきた。

「お……お戻りでしたか……殿様ぁ……」

見れば、若党が荒い息を吐いている。表から駆け戻ったばかりらしい。

「何としたのだ、おぬし？」

「お……お探し申し上げるのにくたびれちまいました……」

よれよれになった若党に続いて、中間も戻ってきた。

こちらは息ひとつ乱していない。

「だらしねぇなぁ、そんなざまでおさむれぇになれると思ってんのかい」

縁側にへたり込んだ若党の背中をどやしつけると、中間は半蔵に向き直る。

いかつい顔に満面の笑みを浮かべている。珍しいことだった。

「朗報ですぜ、殿様ぁ」

「何事だ、中せ」

戸惑いながらも半蔵は問いかける。

「おめでたですよ、おめでた！」

返されたのは、思いもよらぬ答えだった。

「えっ……？」

「奥方様がご懐妊なすったんでさぁ」

「まこと……か……!?」

「当たり前でさ。こんな冗談、言うはずがねぇでしょうが？」

口を尖らせて抗議しながら、中間は半蔵から刀をもぎ取る。

「さぁさぁさぁ、早いとこお目にかかって差し上げなせぇまし！」

「か、かたじけない」

答えつつ駆け出す半蔵は、まだ信じられずにいた。

しかし、医者までこんな冗談に付き合うはずがない。

佐和を診察してくれている女医の場合は、尚のことだった。

「あっ、殿様！」

「よかった、お戻りくださって……」

安堵（あんど）する女中たちをよそに、その女医は眉ひとつ動かさず、寝息を立てている佐和の脈を取っていた。

半蔵に向けられた顔は怖く、眼鏡の奥で光る目が怖い。

無理もあるまい。

この数日、半蔵は屋敷を空けていた。

謹慎させられていた定謙を密かに訪ねて励ます一方、如何（いか）なる裁きが下されるのか気を揉んで、諸方に探りを入れていたのだ。

芳（かんば）しい情報は結局得られず、半蔵が事実を知ったのは定謙に上意が下り、その情報を漏れ聞いた範正が伝えてくれた後のこと。

何も、あちこち駆けずり回ることはなかったのである。

それに佐和が懐妊したと分かっていれば、半蔵とて幾日も留守にはしなかった。

離縁をしてもらい、屋敷を出ようなどと考えることも――。

脈を取り終えた女医は、すっと佐和の枕元から離れた。

女中たちに目で指図して後を任せ、半蔵を次の間に誘う一挙一動は堂々としていて

貫禄十分。半蔵は黙って従うばかりであった。

「遅うございましたのね、殿様」

「め、面目ない」

「左様に思われるのならば、もそっと早うお帰りになられませ」

「すまぬ……」

「向後は二度と、奥様をほったらかしになさいませぬね？」

「しょ、承知」

「お分かりになられれば、それでよろしいのです」

しゅんとなる半蔵に、女医は一転して明るい笑みを寄越した。

「おめでとうございます、殿様……いえ、お父様」

「お父……様？」

「左様にございますよ。年が明ける前には、殿様は人の親におなりあそばすのですから」

「それがしが、人の親……」

半蔵の無骨な顔に赤みが差す。

覚悟も揺らぐ一言だった。

しかし、途中で事を投げ出すわけにはいかない。

少なくとも今一度、定謙に会うまでは――。

二

伊勢桑名藩の上屋敷があるのは八丁堀。

十万石の大名ともなれば構えは大きく、門構えも豪壮そのもの。

しかし忍びの術の遣い手にとっては、門の堅牢さなど関係ない。

（さて、参るか）

久しぶりに黒装束を身にまとい、半蔵は八丁堀に出向いていた。

その夜、定謙に会うために半蔵が用いたのは、地面を掘って忍び込む「穴蜘蛛地蜘蛛」と呼ばれる手口。

余計な手間をかけず屋根伝いに入り込めばいいのに、いつもと手口が違う。

日頃は用いぬ一手で侵入したのは、定謙を連れ出すことになったときを考えてのことだった。

身軽な半蔵ならば天井裏から忍び込むのも自在であるが、定謙を担いで連れてくるのは無理な話。囚われの身で食事も休息もままならぬとあっては、尚のこと機敏な動きは期待できそうにない。

となれば、抜け穴を掘るより他になかった。

やはり、定謙を見捨てるわけにはいかない。

半蔵はそう答えを出したのだ。

しかし、当人は救出されることなど望んではいなかった。

「左様なことはせずともよい……子が授かったのならば尚更じゃ」

「な、何故にそのことを……」

「おぬしの弟が知らせてくれた」

「範正でございますか？」

「あれは利口な男だ。出世を望まれるも当然であろう」

「………」

半蔵に返す言葉はなかった。

範正は定謙の男気ある気性を知っている。なればこそ佐和が懐妊した事実を耳に入れ、半蔵を頼って逃亡するのを思いとどまってくれることを期したのだ。

利口な弟の目論見は、功を奏したらしい。

愚かな兄としては、いたたまれない限りである。

そんな気持ちを、定謙は汲み取ってくれていた。

「おぬしに無茶をさせたくはないのであろう。責めてはならぬぞ」

「面目ありませぬ……」

「そんなものは糞喰らえじゃ。己と妻子を大事にせい」

告げる口調は、意外に明るい。空元気でないのは、腹の底から声が出ていることからも明らかだった。

「儂はのう、笠井、戦場に赴く心持ちで桑名に参る所存なのじゃ」

「戦、にございまするか?」

「左様。むろん、敵は桑名の松平侯ではないがのう。越前に甲斐、主計頭の三人こそ、げに許しがたき奴らよ……土佐守は老い先短き身ゆえ、見逃してやるわ」

力強く答えつつ、定謙は半蔵を見返す。

半蔵に対する恨みがましさなど、まったくありはしない。

定謙は徳川家のためにこそ、戦わなくてはと決意したのだ。

水野忠邦は幕政を私物化して、理想ばかりを先走らせている。

その尻馬に乗った鳥居耀蔵や梶野良材、榊原忠義に至っては武士にあるまじき根性の輩でしかあるまい。

もしも家斉公が存命ならば、許しはしなかったはず。

稀代の怜悧さと無邪気さを併せ持ち、幕閣のお歴々を油断させておいて上手く働かせ、将軍職を退いて大御所として長らく君臨した家斉公ならば、忠邦も耀蔵も今日の出世はなかっただろう。

だが、事ここに至ってはやむを得まい。

大らかな天下人が民を見守ってくれている、春の時代は終わった。これからは厳しい冬の世を、日の本じゅうが耐え忍んで生きていかねばならない。

それにしても、解せない。

流刑先の桑名藩で、定謙は幽閉されることになっていた。

牢に入れられるわけではないにせよ、勝手な振る舞いは許されない。

城中の一室に死ぬまで閉じ込められて、どんな戦をするというのか。

「ははは、その気になれば容易きことぞ」

半蔵の疑問をさらりと流し、定謙は逆に問うてきた。

「のう笠井、戦の常道と申さば何じゃ？」

「さて……」

「いかんの。それで答えに詰まるようでは将として上に立てぬぞ……ま、おぬしは今のままでよかろうがの」

「左様に申されずにお教えくだされ、定謙様」

「聞きたいか」

「はい」

「仕方ないのう。されば、教えてつかわそう」

邪気のない半蔵とのやり取りを楽しんだ後、定謙はさらりと答えた。

「戦に弓鉄炮は要らぬ。そう豪語なされし豊太閤(ほうたいこう)は、やはり大物だの」

「されば、戦の常道とは……」

「左様、太閤お得意の兵糧攻めよ」

「それは分かりましたが、定謙様はむしろ……」

五郎左衛門の如く、責められる側になってしまうのではないか。

言葉にはできないが、そうなる可能性は極めて高い。定謙を生かしておくのは忠邦にとっても耀蔵にとっても、都合の悪いことのはずだからだ。

「皆まで申すな、笠井」

定謙は豪気に言ってのけた。

「先手を打つのは戦の常道ぞ。儂もそれをやろうと思う」

「と、申されますと……」

「自ら食を断ってやるのだ。奸物(かんぶつ)どもを告発した上での」

「そんな、無茶をなされますな」

半蔵が慌てた声を上げる。

しかし、定謙は動じない。

「儂の好きにさせてくれ、頼む」

「定謙様……」

半蔵は言葉に詰まるばかりだった。

やはり、定謙は死ぬ気なのだ。

断食することで幕府に抗議し、忠邦と耀蔵、忠義を訴えることこそが、最たる目的に違いない。

その上で、五郎左衛門に償おうという気持ちも抱いていた。

「宇野幸内に伝えてくれ。すまなんだ、とな」

「必ずお伝えいたしまする」

「その上で、釘も刺してはもらえぬか」

「釘……にございますか？」

「うむ。甲斐や主計頭を勝手に始末するなと言うてくれ。まさか越前守にまでは手も出せまいがのう」

「心得ました」

「頼むぞ」

「はい！」

答える半蔵の声は凛々しい。

定謙をひとかどの男と認め、ずっと応援してきた半蔵としては、自分にできることを全力で為すのみだった。

三

数日の後、半蔵は範正の屋敷を訪問した。

将軍の身辺を警固する役目に、非番など無きに等しいものだ。会おうとすれば宿直の日を避け、無礼と承知で夜更けに訪ねていくしかない。

そうやってみても、間が悪いということがある。

「今宵はご本家にお立ち寄りですので……」

義理の妹に当たる、素っ気ない妻女に通された一室で、半蔵は四半刻ほど待たされた。

それだけで済んだのは、幸いだったと言えよう。

帰宅して早々に範正は部屋に駆け付け、話を聞いてくれた。

「宇野のご隠居をこのところ見かけぬのだが、何か存じておらぬか？」

「ああ、そのことかい」

範正は隠すことなく答えてくれた。

「ちょいと訳ありでな、身を隠していなさるらしいぜ」

「おぬしも手を貸しておるのか？」

「ああ、成り行きでな」

範正は苦笑する。

（さすがは弟、俺に隠し事はせぬか……）

うなずきながら、半蔵は安堵した。

宇野幸内のことである。

定謙の伝言を伝えようと新大橋まで赴いたところ、隠居所は空だった。

高田俊平や政吉といった存じ寄りの許にも、行っていないという。

行き方が知れなくなった日の夜に、幸内は範正の漕ぐ船に乗っているのをお駒と梅吉に見られていた。

お駒たちが嘘を吐くとも思えぬ以上、範正に訊いてみるしかあるまい。

果たして、範正は思わぬことまで教えてくれた。

「あのご隠居な、耀甲斐を殺る気はないそうだ」

「まことか?」

「悪にゃ違いねぇが、あいつには能がある。ご政道の役に立ってくれるのなら目をつぶって、意趣返しは三村右近までで止めとくそうだ」

「成る程……。思い止まってくれるのだな……」

過日の幸内との対決を思い出しながら、半蔵はつぶやく。

親友の復讐に、どのような形で決着を付けるのか。

それは、幸内がしばらく迷っていたことだ。

答えが出たのであれば、喜ばしい。

右近が意趣返しの標的とされることにも、同情の余地はなかった。

とはいえ、結論に至るまでの経緯は気に懸かる。

「ご隠居が、おぬしに左様に言うたのか？」

「いや、俺だけじゃないよ」

「余人を交えて会うたのか」

半蔵が眉根を寄せた。

五郎左衛門の死の真相は、表沙汰にはできかねること。

むろん、範正もそのことは承知のはずだ。

事もあろうに南町奉行が指図し、元同心が殺害したと発覚すれば、五郎左衛門を慕っていた市中の民は暴動を起こしかねない。

第三者の耳には、まず入れられぬことである。

なぜ範正も幸内も、迂闊な真似をしたのだろうか——。

「おぬし……」

半蔵が文句を付けようとした刹那、弟は先に口を開いた。

「あのご隠居、誰の前でそんなことを言ったと思うかね」

「北のお奉行か」

「いや」

「若年寄殿か」

「もっと上だよ」

「と申さば……ご老中、か？」

「ご名答。水野越前守様さ」

「何と……」

驚きを隠せぬ半蔵に、範正は間を置かずに告げる。

秘事なれど、言いたくて仕方がない。

そんな雰囲気を漂わせていた。

「それがな兄上、その場には、もっと上の御方がいらしたんだよ」

「さらに上つ方だと？」

「……上様、だよ」

「まことか？」

「家慶(いえよし)公はご隠居の話にすっかり興を抱かれちまってな、ご老中が苦虫を嚙み潰した顔をしていなさる横で、あれこれ答えていたよ」

「左様であったのか……」

半蔵は度肝を抜かれるばかり。

範正曰く、幸内は裃をまとって江戸城中に入り込み、将軍が大奥へ渡らぬ日に就寝する御休息之間まで辿り着いたという。

景元が北町奉行の立場を活かし、手引きしたとはいえ大胆極まりない。

むろん、他の者が同じところに立たされても同様の真似などできまい。

宇野幸内、老いても侮れぬ男である。

（あやつもまた、太平の世には過ぎた器ということか……）

定謙に次ぐ豪胆さを、認めずにいられぬ半蔵だった。


（さて、何としたものか……）

範正と別れた半蔵は駿河台の屋敷に戻ると、改めて思案を巡らせた。

佐和の容態は安定し、女医の診立てによると経過は良好とのことである。

今や半蔵は笠井家を出るのはもちろん、勘定所勤めを辞めるのも許されぬ立場となっていた。

それでいいのだと素直に思えるのは、妻への愛しさが増したが故。

図らずも子を授かったことで佐和が快方に向かうのであれば、こんなに嬉しいことはない。

そう思う一方で、危惧の念も抱いていた。

幸内が右近を斬るのはいい。

だが、そのとき左近はどう出るか。

決着を付けたつもりが、新たな遺恨を買っては幸内も困るだろう。

双子でありながら弟とは真逆の左近が、右近を忌み嫌っているらしいのは半蔵も察しが付いていた。

十万坪の決闘においてもすぐ間近まで来ていながら、半蔵に追い込まれるのを助けずにいたことが、何よりの証拠と言えよう。

とはいえ、そこは血を分けた兄弟である。

実際に弟を討たれてしまえば、どう出るか分からない。

左近が激昂して斬りかかれば、幸内といえども無事では済むまい。

万が一のことがあれば、俊平に憐、政吉がどれほど悲しむことか。

そうさせぬためには、左近を止めねばなるまい。

幸内には借りがある。

半蔵は愚直にも、そう考えていた。

一度は裏切った相手に対し、何も義理など感じることはあるまい。

先夜の顚末を聞けば誰もが皆、左様に答えるだろう。

だが、半蔵はあくまで愚直。

手酷い裏切りをされたものの、かつて幸内がお駒と梅吉を見逃し、命を助けてくれたのは変わらぬ事実。

それに、幸内は悪人ではない。

五郎左衛門の死をきっかけに一時は暴走したとはいえ、江戸の民の安寧を護るために力を尽くしてきた名与力であり、隠居後も若い俊平を教え導き、人知れず頑張ってくれているのだ。

仁も徳もある人物を無下にしてはなるまい。

ましてや見殺しにするなど、以ての外だ。

半蔵は、対決の場に出向くつもりになっていた。

何も出しゃばるわけではない。

右近との対決には手を出さず、左近とのみ向き合う所存だった。

そのためには、幸内の動きを事前に知っておく必要がある。

（政吉に頼もう）

昔馴染みのあの老爺（ろうや）なら、快諾してくれるはずである。

かつて村垣家に中間奉公していた政吉は、本妻に日々いじめられていた半蔵にとって数少ない味方であった。

こたびも合力（ごうりき）してもらえることと、半蔵は信じていた。

四

まだ陽は高かった。

右近は相も変わらず、恥じることなく生きている。

「ずいぶん貯まったのう……」

耀蔵に与えられた一室で腹這いになり、数えていたのは小判と板金。

悪事を働いた報酬に受け取った、汚れた金である。

「ふっ、そろそろ両替屋に出向かねばなるまいのう」

この男、意外と堅実であったらしい。

稼いだ金を余さず散じてしまっているかと思いきや、抜かりなく貯蓄に励んでいたのだ。

「はははは」

右近は嬉々として、銭勘定に勤しむ。

廊下から見ている左近にも、まったく気付いていなかった。

(こやつ、こういうところも幼き頃より変わっておらぬのだな……)

左近は不快げに顔をゆがめる。

生まれたときからずっと一緒に育ってきても、性格は異なるものだ。

双子であろうと、まったく同じには成り得ない。

この兄弟の場合、右近のやることなすことはことごとく、左近にとっては耐え難いものだった。

可能であれば縁はもとより、当人も斬って捨てたい。

しかし、それは人として許されぬことであった。

五

その夜、大川端で先に右近に突っかかったのは高田俊平だった。

亡き五郎左衛門を大事に想っていた気持ちは、幸内と同じ。

しかし悲しい哉、腕の程は遠く及ばない。

右近に打ち勝つのは至難だった。

「野郎っ」

気迫だけは負けまいと、俊平は懸命に斬りかかる。

髭の剃り跡の濃い顔は、汗にまみれている。小銀杏の髷は乱れ、激しい動きで巻羽織の裾も帯から外れてしまっていた。

対する右近は、汗ひとつ掻いてはいない。

こざっぱりとした唐桟の着流しに蛭巻鞘の大小を帯び、深編笠をかぶったままで俊平を相手取っている。それほどまでに、余裕があるのだ。

じわじわと俊平は追いつめられていく。

「これで終わりだ」

嗜虐の念を孕んだ一言と共に、苛烈な袈裟斬りが迫る。

「く！」

思わず目を閉じた刹那、金属音が上がった。

「後は任せとけ、若いの」

「ご、ご隠居！」

「いい面構えになったじゃねぇか。さっきの啖呵、なかなかのもんだったぜ」

幸内は俊平と入れ替わり、前に出る。

たちまち激しい戦いが始まった。

互角だったのは、最初のうちだけ。

右近は次第に押されていく。

深編笠は早々に脱ぎ捨てられ、足元で潰れて転がっていた。

その様を半蔵は土手の上から、無言で見守っている。

と、傍らで動く影。

抜き身を手にした左近だった。

「待て」

半蔵はすかさず行く手を阻む。

水辺で斬り合う二人は、こちらには気付いていない。

「おぬしに邪魔はさせぬ……」

「やはり血を分けた兄弟、か」

「そういうことだ」

「されど、本音は違うであろう」

「言うな！」

だっと左近は斬りかかる。

応じて、半蔵も抜刀した。

鞘引きを利かせて抜き上げた刀身で上体をかばい、受け流す。

あくまで斬りたくないのが、半蔵の本音。

故に防御に徹し、進んで斬らぬつもりだった。

キーン。
鋭い金属音と共に、刀身が旋回する。
左近の斬り付けを受け流した反動だ。
本来は返す刀で引き斬りにし、相手を倒すべきところである。
しかし、半蔵はそうしない。
左近の気を静めることに集中し、渡り合っていた。
それと見抜けぬ左近ではない。
「俺を見くびるか、笠井」
問いかける口調は、手にした刃に劣らず鋭い。
「ここは我らの戦場ぞ。情など無用と心得よ！」
告げると同時に、ぐわっと突きかかる。
キンッ！
すかさず、半蔵は横に払った。
突きの応酬は、天然理心流の修行者が得意とするところ。
本来ならば、相手の攻めに乗り勝つべきだ。

しかし、半蔵はあくまで左近の攻撃を防ぐのみ。

「うぬ、まだ見くびりおるか！」

左近が怒りの声を上げても、意に介さない。

愛用の刃引きが傷付くのも厭わず、受けて受けて受けまくるのだった。

一方の右近は、悪事の報いを受けていた。

左腕と左足に幸内の刃を受けて、満足に動けなくされている。もはや命乞いに集中するより他に、為す術がなくなっていた。

「す……すべては殿に……甲斐守に命じられたことぞ……誰一人、こ、殺しとうはなかったっ」

「ほんとかい？」

幸内はもとより信じていない。

虚を衝いて斬りかかる目論見なのも、先刻承知であった。

右近が仕掛けたのは、すっと幸内が視線を上げた刹那。

それまで示していた残心——文字どおりに心を残し、相手の動きに気を配ることが一瞬、途絶えたと判じた上での反撃だった。

右近は無言で刀を繰り出す。手の内を精一杯利かせた斬り付けは、片手でも刀勢が乗っている。

しかし、幸内が油断したと見せかけたのは、あくまで擬態。

目の隅で動きを見切られていたとは気付かず、右近は墓穴を掘ったのだ。

言葉どおりに降参していれば、命までは取られなかったものを——。

「嘘つき野郎が！」

返す刀で右近を斬り伏せ、幸内は吠える。

一方の半蔵と左近は、無言で離れたところだった。

「はぁ……はぁ……」

「ううっ……」

共に息が荒かった。

ここまで半蔵が疲弊した姿を見せるのは、かつて影御用で派遣された先の甲州路で無頼の一団と戦い、囚われたとき以来のこと。

あの折に手助けしてくれた左近と、今宵は力を尽くして渡り合ったのだ。

恩を仇で返したわけではない。

むしろ恩返しをするつもりで臨んだ戦いだった。
そのことは、左近も重々分かっていた。
手にした刀は、共にささらの如く傷だらけ。
相手を斬るよりも防ぐことに注力した証であった。
武士と武士の戦いは、常に死を以て終わるわけではない。
敵同士でありながら、友情を感じているのも事実。
故に半蔵も左近も、互いに命まで奪いたくはなかったのだ。
しかし、幸内と右近の場合は真逆。
一方が斬り死にするまで、戦いが終わらぬ因縁だったと思うべきだろう。
「……あやつが俺に代わりて、業を背負うてくれたのか……」
去りゆく幸内と俊平を遠目に見送り、つぶやく左近はどこか切なげ。
幸内も俊平も無事だったのは、存じ寄りの立場としては喜ばしい。
しかし、動かぬ右近のことを二人とも一顧だにしていない。
どんな悪党も、死ねば仏のはずである。
にも拘わらず、亡骸に見向きもしないとはひどすぎる。

黙って見逃す左近は、一体どういう心境なのか。

半蔵は真意を推し量りかねていた。

凶悪な弟を子どもの頃から持て余しており、強い相手にやられて往生するのをずっと望んでいたとしても、さすがに口には出せまい。

(肩の荷が下りた。もしや、そういうことなのだろうか……)

極め付きの悪党だったとはいえ、右近は左近の血を分けた弟。

斬り死にした後の亡骸をそのまま置いていくのは、それこそ外道だ。

恨み重なる幸内に弔えと言うのは、さすがに酷だろう。

(このままでは、いかん)

半蔵は土手から駆け下り、亡骸を抱えて戻ってくる。大悪党も死ねば仏だ。

弟の亡骸が地面に横たえられるのを、左近は黙って見守っていた。

口を開いたのは死体の格好がどうにか付き、半蔵が腰を上げたときだった。

「今一度闘うてはもらえぬか、笠井……」

「……日を改めてのことならば、否やはないぞ」

「それは重畳」

左近は嬉しげに微笑んだ。

応じて頬をほころばせながらも、半蔵は念を押すのを忘れない。

「ただし、本身を用いるのは相叶わぬぞ」

「そんなことは分かっておる。おぬしの得物（えもの）の刃引きでよかろう」

「いや、当流の木太刀にてお願いいたす」

「えっ……あの、並外れて太き代物（しろもの）か？」

「そんなに嫌そうにいたすでない。手の内さえ錬れておれば、扱いが面倒ということはなきはずぞ」

「左様か。ならば、よかろう」

二人は嬉しげに言葉を交わす。

どろどろした遺恨など、もとより有りはしなかった。

「されば、いずれまた推参いたす」

「待て、三村っ」

軽やかに歩き出す左近に、半蔵は慌てて呼びかけた。

「おぬし、何処（いずこ）へ参るのかっ……」

このまま二度と会えぬのではないか。

何の根拠もなく、そんな不安を覚えていた。

しかし、左近は止まらない。

歩みを止めて振り返ったのは、土手を夜風がぶわっと吹き抜けたとき。

「しばしの別れぞ。さらばだ！」

「……うむ……」

ほつれた髪を風になびかせ告げる一言に、半蔵は戸惑いながらも笑みを返す。

妙な心境だったが、嫌悪の念はまるで感じられない。

三村左近。

悪に与していても強くしなやかで男気のある、それでいてどこか浮き世離れした、一言で言い表せぬ魅力の持ち主であった。

六

かくして仁杉五郎左衛門の無念は晴らされ、幸内は矛を収めた。

定謙に対する恨みは忘れ、思い出すこともすまい。
そう決意し、穏やかな隠居暮らしに戻っていったのだ。
当の定謙も、幸内を敵と見なしてはいなかった。
(宇野幸内か……あやつ、まことに豪胆であったのう……)
散々逆らわれ、言いたい放題に言われたのも良き思い出。
あの不敵さに免じ、すべて不問に付すつもりだった。
それにつまらぬ意地を張り合うよりも、今は為すべきことがある。
(このまま悔いを残してはなるまい。この願い、何としても叶えようぞ!)
定謙は決意した。
江戸を離れる前に、やっておかねばならないことがある。
お駒ときちんと向き合い、和解がしたい。
これが最後と思えば、恥も何も有りはしない。
腹を括った上は、囚われ先の桑名藩邸から抜け出すのみ。
手引きを任せられるのは、笠井半蔵しかいなかった。

「来てくれたか、おぬし」

定謙は笑顔で半蔵を迎えた。

白衣の裾をからげ、以前より細くなった毛脛をむき出しにしている。

半蔵に手引きをしてもらい、表に抜け出すための身支度だった。

「よう来てくれた。心より礼を申すぞ」

満を持した一言だった。

しかし、半蔵の答えは期待と違った。

「今宵参りましたのは、拙者だけではございませぬ」

「えっ？」

訳が分からない。

「何をすると申すのだ、おぬし……」

「ま、ま、どうぞこちらへ」

促されるままに、定謙は庭へ出た。

番士は一人も見当たらない。

代わりに待っていたのは、お駒と梅吉だった。

装いは、いつもの忍び装束ではない。

お駒は初々しく愛らしい、武家娘の姿。

梅吉は中間の装いをしていた。

「あ、あれは当家の……」

定謙が驚いた声を上げる。

梅吉が着けた法被の背中に、矢部家の紋が入っているのに気付いたのだ。

見紛うことなき、三つ頭左巴の家紋である。

「もはや二度と日の目は見られぬと思うておったぞ……」

定謙は感無量。

家名を断絶されてしまい、当主の自分は流刑に処される立場としては、たとえ中間のお仕着せであっても、嬉しい限りの計らいだった。

「奥方様よりお借りして参りました」

「笠井、おぬし」

「子細まで明かしておりませぬ故、ご安心なされませ」

「かたじけない……」

「何ほどのこともありませぬ」

浅黒い顔一杯に笑みを浮かべ、半蔵は定謙の手を取った。

「さ、こちらへ」

「えっ？」

「ささやかなれど、お別れに一席ご用意つかまつりました」

「何を申しておるのだ、おぬし？」

「ま、ま」

戸惑う定謙を、半蔵は導く。

連れて行かれた先は、庭の片隅。

いつの間にか、縁台に毛氈が敷かれていた。

それだけではない。

白木の三方に、長柄付きの酒器と杯。

こぢんまりとしているものの、たしかに宴席には違いない。

「どうだい駿河守さん、乙なもんだろうが？」

「梅吉、おぬし……」

「まぁ、どっから持ってきたのかは聞かねぇでくんな」

自慢げに胸を張りつつ、梅吉はぺろりと舌を出して見せる。

問い質すまでもないことだった。

昔取った杵柄で屋敷内を物色し、平たく言えば盗みまくって、宴に必要な品々を調達したのだ。

「へっへっへ、大名屋敷ってのは便利なもんだぜ……」

「まこと、何でもあるな」

楽しげに笑う梅吉を手伝い、杯を拭いながら半蔵はさらりと問うた。

「時におぬし、余計なものは持ち出しておらぬであろうな？」

「あ、当たり前だろ」

「ならば、懐の小判は帰りがけに置いていくがいい」

「別にいいだろ。ほんの行きがけの駄賃じゃねぇか？」

「俺は一席設けてくれと頼んだのだ。今さら盗っ人に戻れとは申しておらぬ」

「ちっ、お前さんは堅えなぁ……」

ぼやきながらも、梅吉は手を休めない。

酒器と杯に続いて持ってきたのは、するめと昆布、かち栗。

合戦に臨む武将が神に捧げた上で口にする、戦勝祈願の三品だった。

「お駒、これは一体……」

「出陣のお祝いだよ、おとっつぁん」

告げる口調に迷いはなかった。

すでに一度、お駒は定謙を父と呼んでいる。

あの三角決闘の夜に、定謙が体を張って庇ってくれた折のことだった。

今宵、お駒は改めて、去りゆく父に孝行をしたい気持ちになっていた。

「さぁ、早いとこ座っておくれ」

「か、構わぬのか？」

「当たり前だろ。何もかも、おとっつぁんのために調えたんだからさぁ」

「……儂のために、か？」

「そりゃそうさ。だって、おとっつぁんはこれから戦に行くんだろう」

「戦とな」

「半蔵さんにそう言ったんだろ」

「う、うむ」

「だったら、こっちも何もせずには送り出せないよ」

「お駒……」

「さ、座った座った」

お駒は定謙の手を取った。

「か、かたじけない」

「ふふ、水くさいねぇ……」

お駒は娘として、定謙と別れを惜しんでいた。

とはいえ、ただ甘えるばかりが、親孝行ではあるまい。

定謙の如く頑固な父親を持てば、尚のことだ。

そこでお駒は半蔵に相談し、納得ずくで同行してくれた梅吉の手も借りた上で戦勝祈願の一席を設けたのだ。

ささやかな宴の一部始終は、藩邸の番士から丸見えだった。

通常の警備ならば、容易く出し抜けたはず。

しかし、幕命によって流刑と決まった旗本を預かった以上、桑名藩は万に一つの落ち度も許されない。

警備に当たる人員を倍に増やす一方、あくまで物々しくならぬように陰に配置して見張らせたのは、ひとかどの人物と見なされた定謙に、余計な息苦しさを感じさせないための配慮であった。

そんな桑名藩邸の気遣いのおかげで、半蔵たちの行動は黙認されたのだ。

「よろしいのですか？」

「放っておけ。もののふとは相身互いぞ……」

見て見ぬ振りをする番士たちは、どこか羨ましげな様子。

桑名藩の松平家には目下のところ、頼りになる藩主がいない。

先年に急逝した藩主の息子は未だ幼く、かの松平定信の一族ということで家督の相続こそ認められたものの、先行きは不安だった。

もしも定謙のような人物が家老なり中老なり、上の立場となって家中の人々を牽引してくれるのなら、これほど頼もしいことはあるまい。

有り得ぬことと思えばこそ、想像は楽しいものだ。

番士たちの恩情の下で、別れの宴はなごやかに終わった。

流刑先の桑名にて定謙が自ら食を絶ち、死亡するに至ったのは、江戸を離れてから四月後の、七月二十四日のことだった。

七

その年の暮れを以て、半蔵は勘定所勤めを辞した。

義父の総右衛門とよくよく話し合い、出した結論だった。

最後の話し合いは、佐和を交えて行われた。

「それでお前さん、食っていく当てはあるのかい？」

「武州に居を移さば、生計の道は立ちまする」

「そうか……どうあっても、笠井の家は出るってんだな」

「申し訳ございませぬ」

「腹を決めたんなら仕方あるめぇ。佐和も承知の上なんだろ？」

「はい」

傍らに座した佐和は、にっこり微笑む。

ふくらみの目立つようになった腹を、愛おしげに撫でている。

家名の誇りを背負って立とうとしていた頃の、鬼気迫る雰囲気は今やどこにも見当たらない。

佐和は良い方向に変わったのだ。

女として真の幸せとは子を宿し、産み育てること。

何も男勝りに振る舞い、終日声を荒らげなくてもいい。

そんな結論を得たことで、佐和の美しさは増していた。

親としては、喜んでやるべきだろう。

さばけた総右衛門の場合は尚のこと、苦になりはしなかった。

「お前さん方の存念は分かったよ。さて、次にしなくちゃならねぇのは、お奉行への言い訳だな」

「何といたさばよろしいでしょうか、義父上……」

「そうだな……俺がまた出仕するってのはどうだい、半蔵さん」

「ええっ!?」

「またできる限りお勤めをして、いよいよ体が言うことを聞かなくなったら親戚筋から養子を取るさ。それで笠井の家名は続くよ」

「父上、それでは母上が……」

「いいんだよ。婆さんは俺と二人きりじゃ息が詰まってしょうがないってぼやいてるんだから。ぜひ左様になさいませって、諸手を挙げて賛成してくれたよ」

「されど、そのようなことができまするのか」

「お奉行なら二つ返事するだろうさ。邪魔なお前さんがいなくなってくれた上で大した働き手が御用部屋に戻ってくるんだから、なぁ」

総右衛門は懐かしげに目を細めた。

「実は半蔵さんから事を打ち明けられてすぐに、組頭に話を通しておいたんだよ……俺が配下になってくれるなら、こんなに嬉しいことはないとさ」

「あの組頭様が、そこまで申されたのですか？」

「ま、俺とは長い付き合いなんでな」

総右衛門は微笑んだ。

釣られて半蔵も笑みを浮かべる。

しかし、続く総右衛門の一言には驚かされた。

「俺が御勘定所にまた勤めたいって言い出さなけりゃ、組頭は今年限りで御役目から退くつもりだったそうだぜ」

「何と……」

半蔵は顔を強張らせ、言葉を失う。自責の念を感じていたのだ。

職を辞したくなるほどに組頭は悩んでいたのか。半蔵の謹慎を解くために奉行の良材との直談判に及んだのが災いし、勘定所に居辛くなっているのなら申し訳ない限りである。事を頼んでくれた総右衛門にも、合わせる顔がない——。

「まぁ聞いてくれよ、半蔵さん」

義父の態度は、変わらずにこやか。

明かしたのも半蔵の想像とは異なる、微笑ましい内容であった。

「あいつ……組頭殿は周りから年寄りがどんどんいなくなり、配下もお前さん方みてぇな若い者ばかりになって、毎日気が滅入る一方だったそうだ。そこに俺から戻って来たいって言われたもんで、大喜びしてくれたんだよ」

「左様にございましたのか……」

「お互いに、都合がよかったってことさね」

総右衛門は、にやりと笑った。

「俺が笠井の家督をもう一遍継ぎ直し、婿の代わりに働きたいって持ちかけても初めは冗談だと思っていたらしい。本気で言ってるって分かったら、手を打って躍り上がったもんだよ。ははは、あの堅物がな。その様を目の当たりにして、俺は得心したよ。友達ってのは、持ちつ持たれつでいいんだって、な……そういう次第なのだから、ほんとに安心してくれていいのだぜ婿殿、いや半蔵さん」

「かたじけのう存じまする、義父上」

半蔵の胸の内は、感謝と敬意で一杯。

深々と頭を下げる夫に倣い、佐和も淑やかに三つ指を突く。

仲睦まじい二人を前にして、総右衛門は少々見栄を張って見せた。

「どうせだったら、この機に出世を目指すとしようかね。さすがに奉行とまでは難しいだろうが、組頭なら何とかなるかもしれねぇよ」

「まことですか？」

「ははは、まだまだ俺も捨てたもんじゃないってことさね」

縁側に射す陽射しは明るい。

かくして代々の平勘定としての笠井家の存続は叶い、半蔵と佐和は甲州街道を西へ上った。

落ち着いた先は武州谷保村。

天神様のお膝元で無事に生まれたのは、福々しい男の子であった。

終章　武州にて

一

天保十五年（一八四四）九月六日、江戸で一大事が——ただし庶民にとっては大変喜ばしい事件が起きた。

蝮（まむし）と嫌われ、耀甲斐と恐れられた南町奉行の鳥居耀蔵が、次に任じられる役目も未定のまま、職を失ったのだ。

江戸市中で暮らす人々にとっては、喜ばしくも慌ただしい話だった。

ここ数年の間に、南町奉行は三人も入れ換わっている。

まずは天保十二年（一八四一）四月二十八日、奉行職を二十年に亘（わた）って勤めた筒井政憲が罷免され、矢部定謙が後任となった。

それからわずか八月の後、同年十二月二十一日に今度は定謙が罷免され、同二十八日に耀蔵が着任したのだ。

名奉行と呼ばれた二人を蹴落としてまで得た立場も、長くは続かなかった。

行き過ぎた幕府主導の政策がすべて裏目に出て、天保十四年（一八四三）の閏九月十三日に解任された老中首座の水野忠邦が、翌弘化元年に早々と幕閣に返り咲き、前年に裏切って失脚の黒幕となった耀蔵に、厳しい制裁を加えたのである。

さしもの耀甲斐も、ついに命運が尽きたのだ。

浅ましく権力の座にすがりつくのかと思いきや、上意を受け入れる態度は意外なほど素直であり、従容として流刑先の丸亀に送られたという。

蝮と嫌われ、耀甲斐と恐れられた男の心境に如何なる変化があったのか。

それはまた、別の物語である。

事件の知らせを、半蔵は武州の地で耳にした。

因縁深い耀蔵が報いを受けたと知っても、さしたる感慨は抱かない。

ただ、こう思ったのみだった。

(因果応報の理に照らせば、まだ足りぬ……いずれまた、更なる罰が追って下るのであろうよ……)

以前の如く自ら動き、懲らしめてやろうとはまったく思わない。

悪行を重ねた耀蔵の末路がどうなろうと、今の半蔵には関わりないからだ。

上つ方の動向よりも今、心配なのは、子どもの行方。

谷保天満宮の裏に出て、多摩川の河原まで来ても、姿は見当たらなかった。

夕闇の迫る中、半蔵は河原を駆ける。

きらめく水面から目が離せぬのは、流された危険を想像すればこそ。

「一太郎……一太郎!」

呼びながら走る半蔵は、さすがに疲れを隠せずにいた。

勘定所を辞し、腹が目立ち始めた愛妻を連れて武州に下ったのは二年前。

先に江戸を離れ、甲州街道沿いの谷保村で道場を営んでいた弟子の浪岡晋助が師の近藤周助に頼まれ、夫婦揃って八王子に移り住んだのを機に、空いた道場を引き継いだのだ。

長閑(のどか)な村で剣術を学ぶ者は少ない。

道場の収入だけで暮らしていくのは厳しいが、半蔵は算盤(そろばん)をいつも持ち歩いて勘定の手伝いを請け負い、稼ぎの足しにしている。実直な仕事ぶりが功を奏したのか、この頃は近隣の農家ばかりか街道筋の日野(ひの)や府中(ふちゅう)でも名を知られるようになり、どうせなら出稽古を頼まれたいものだなと思いながら、甲州街道を毎日忙しく行き来していた。

今日も朝から調布(ちょうふ)まで出向き、中食(ちゅうじき)も摂(と)らずに戻ったばかり。帰宅して早々に息子がいなくなったと知らされたのだ。

調布宿で耳にした鳥居耀蔵罷免の件など、一瞬で脳裏から消え去った。

一人息子の一太郎は数え年で三歳。きかん坊であると同時に甘えん坊。いつも父親にまとわりつき、離れようとせずにいるので手がかかる。

大事な跡取りと思ってはいても、毎日付き合うのは楽ではない。

子どもとは勝手なものだ。

気に入らない態度を取られるとすぐにむくれるくせに、知らん顔をしているとどうして構ってくれないのかとまた怒る。わが子ながら、疲れる。

それでも老若の参拝客に可愛がられ、天神下に半蔵が構える道場でも門人衆を日々和ませてくれているのだから、少々のことは我慢せざるを得まい。

とはいえ、可愛がられすぎてはうまくない。

一太郎の場合、母親も甘すぎた。

以前の佐和が子どもを産んでいれば女手ひとつでまったく問題なく、父親など不要なほどに厳しく育てただろうが、出産後は優しさが増すばかり。かつての男勝りな気性を知る晋助などは引っ越しの挨拶をされても別人と思い込み、後から仰天したものである。

妻の甘さも影響してのことと思えば、半蔵の心中は複雑だった。

甘やかされるのに慣れて育った子どもは、大人に対する警戒心が薄い。まさか自分が危害を加えられるとは思わず、不用心に振る舞ってしまう。

そんな甘さに付け込む、ふざけた大人が一番悪いのだが――。

半蔵は胸が張り裂けそうになっていた。

駆け通しで息が苦しいのはもちろんだが、不安も限界に達しつつある。

「一太郎……一太郎ー!!」

河原に立ち、声を限りに叫んだのは、取り乱した末のことだった。

同じ武州の八王子で過ごした十代の日々には、ふざけて大声を上げることなど日常茶飯事だったものだ。何の責も負ってはいない、気楽な立場だったからとも言えるだろう。

未熟だった半蔵も、今では先生と呼ばれる立場。

しかし息子を見失い、日頃の気遣いなど吹っ飛んでいた。

「一太郎！　返事をせい!!」

常ならぬ行動は、思わぬ結果を招いた。

辺り構わずに上げた大声を耳にして、その男は半蔵が来たと知ったのだ。

「待ちかねたぞ、笠井半蔵……」

男は河原の石を踏み、悠然と近付いてきた。

旅塵（りょじん）にまみれた道中装束。

かつての三角決闘を思い出させる装いであった。

「三村左近……！」

半蔵は思わず凍り付く。

そのままになっていた決着が、あの後も気にはなっていた。

されど、人は毎日気を張り続けてなどいられない。佐和のためにと始めた武州での村暮らしの長閑さも、いつしか半蔵の緊張を削いでいた。

それにしても間が悪い。

今日は勘定の仕事で呼ばれたため、刀は差していない。

木綿の羽織と袴を着け、脇差だけ帯びている。安価ながら手入れが行き届いた装いも、今や汗まみれで見る影もなかった。

対する左近は以前と変わらず、一挙一動が完璧だった。

あれから三年。

持ち前の強さに、更なる磨きがかかっていた。

立ち合うまでもなく、自分の上を行っている。

一目見ただけで、半蔵にはそう思えた。

「見逃してくれぬか、おぬし」

命乞いの言葉が自然と出たのも、息子を探さねばと思う一念ゆえのこと。

日が沈めば、万事休すだ。

と、場違いな甘え声が聞こえてきた。

「ごめんなさい、ちちうえ～」

左近の後ろから、現れたのは一太郎。

「そこの河原でむくれておったゆえ話をし、仲良うなったのだ。よう似ておると思うたが、やはりおぬしの子であったか」

「か、かたじけない……」

拍子抜けしながらも、駆けてきた息子を後ろ手に庇うのは忘れない。

しかし、懸念は無用だった。

「よき顔になったな、笠井……いや、村垣か」

「その姓を名乗るのも、当地では控えておる。今はただの半蔵だ」

「それでよいのだ、おぬしは」

「えっ？」

「己独りに拠って立つ者は強い……俺は、そんなおぬしが好きだ」

左近は嬉しげに微笑んだ。

「一手だけ付き合うてもらえぬか。おぬしの道場にずかずか乗り込みとうはなかった故、こんなものを用意しておいた……さ、使うてくれ」

差し出したのは、柄のてかりもまぶしい木刀。

もう一振りを手に、左近が前に立つ。

応じて、半蔵も構えを取った。

「いざ」

「応！」

打ち合う木刀が重たい。

教える立場となり、久しく忘れていた手ごたえだった。

日が暮れゆく中、二人は無心に打ち合う。

見守っていた一太郎が、ふと空を仰ぐ。

「あ……あめだよ～！」

たちまち降り出す勢いは強かった。

「これまでにしよう。拙宅に寄って参れ」

「構わぬのか？」

「よき汗を流した後は酒が美味いものぞ」

「かたじけない」

微笑む左近は目じりに皺ができていた。

うなずく半蔵にも、以前ほどの精悍さはない。

それでいいのだ。

人は誰でも歳を取る。

それが叶わぬのは自らを死地に駆り立て、命を縮める者のみ。

かつての二人もそうだった。

だが、今は違う。

齢を重ねるのも、また一興。

子を生し、育てることに勝る苦労、そして喜びはない。

「俺も成れるであろうか……」

「その気になるのがまず一歩ぞ」

降りしきる雨を拡げた羽織で避けつつ、二人は駆ける。

半蔵が抱えた一太郎は、目をぱちくり。

見慣れたはずの父の顔が、今宵は若々しく輝いていた。

二

半蔵の住まいは、道場の隣にある。

こぢんまりした一軒家だったが、公儀から与えられた組屋敷と違って、小さいながらも自前の城と思えば気分はいい。

「戻ったぞ、佐和。一太郎も無事だ」

「まことですか、お前さま！」

佐和が走り出てきた。頬も体もまるみを帯びている。

出産を経た佐和の目方は、駿河台の屋敷で暮らしていた頃よりも二貫増えた。

むやみやたらと肥え太ったわけではない。

子どもを産む前の佐和は、有り体に言えば痩せすぎだった。

それでも腰回りはいわゆる柳腰で、男たちの目を惹いて止まない体付きをしていたものだが、母親となってまでじろじろ見られるようでは困る。

天の配剤と言うべきか、一太郎が生まれて彼女は変わった。

武州の地に居着いた佐和は、気性も程よく丸くなっていた。

「ははうえ～」

一太郎がよちよち歩み寄っていく。

肉付きのいい両腕を精一杯伸ばし、母親にすがりつこうとする様子が、何とも愛くるしい。これでは佐和ならずとも、叱りづらいというものだ。

何はともあれ、ぎゅっと抱きしめてやらねばなるまい。

「父と母に心配をさせてはなりませぬ。いいですね……？」

「はーい」

無邪気に答え、一太郎は母親の腕から抜け出す。自ら抱っこをせがんでおきながら勝手なものだが、そこは幼子(おさなご)だ。

「仕方のないこと……」

苦笑いする佐和は、戸口に立つ左近をまだ知らない。

先に気付いたのは、半蔵が濡れ鼠(ぬねずみ)になっていること。

「まぁお前さま、そんなに濡れてしもうて……」

「通り雨に降られてしもうた。坊を見つけた後で幸いだったぞ」

濡れた羽織を渡しながら、半蔵は言った。

「こちらの御仁にお世話になった。おぬしからも御礼を申し上げてくれ」

「まぁまぁ、とんだご雑作をおかけして、すみませぬ」

「いや……」

言葉少なに答えつつ、左近は土間に立つ。

墨染めの着物も野袴も、全身ずぶ濡れだった。

「どうぞお使いくださいませ」

「すぐに失礼いたす故、お気遣いはご無用に願おうぞ……」

差し出された手ぬぐいを、左近は丁重に断る。

深編笠をかぶったままで、顔を見せようともしない。以前の佐和ならば早々にいきり立ち、無礼者と怒鳴り付けていただろう。

しかし今は気を悪くすることもなく、にこやかに告げるのみ。

「ただいまお風呂を沸かします故、お前さま、濯ぎをお願いいたしまする」

「心得た」

半蔵は答えながら、すでに甕の水を桶に汲んでいた。

「さぁ、濯ぎを使うてくれ」

「いや……」

阿吽の呼吸をよそに、左近は戸惑うばかり。

何も親切にされたくて、半蔵に付いてきたわけではない。

一太郎を保護したのも、礼を言われるほどのことではなかった。

ただ、成り行きでここまで来てしまったのだ。

今からでも速やかに、このまま退散すべきだろう。

濡れたままでいても、腰の刀は大事なかった。

降り出すのと同時に用意の蟇肌を柄に掛け、鍔元までくるんで紐で縛ってあるので心配はいらない。

それより左近が案じたのは、佐和に顔を見られて驚かれること。

今は亡き双子の愚弟が半蔵のいない隙を突き、不埒を働こうとしたのを左近は知っている。未遂に終わったとはいえ、かねてより恥じていた。

もしも佐和が右近と思い込み、衝撃を受けてはまずい。

双子とはつくづく厄介なものだと、左近は思わずにいられない。

できれば顔を合わせず、早々に立ち去ったほうがよかったのだろう。

しかし左近はいつの間にか、ここまで付いてきてしまった。

誰にでも人恋しさを覚えるほど、もとより甘くはない。

半蔵だからこそ心を許したのであり、息子と知らぬまま仲良くなった一太郎のことも、素直に可愛いと思えてならない。

だが、佐和となると勝手が違う。

男同士ならば子どもでも親しむのは早いが、相手は女人、しかも瓜二つの弟の毒牙に掛かりそうになった過去があると思えば、遠慮をせずにいられなかった。

見た目がそっくりでも、右近と左近の気性は完全に別物。

それでも片方がいなくなれば、残る一人にしわ寄せが行くのは避けられない。

「何としたのだ、おぬし?」

左近の尽きぬ困惑をよそに、半蔵は促した。

「濡れたままでは風邪をひくぞ。何はともあれ、上がるがよかろう」

「き、気持ちだけで十分だ」

対する左近は、ぎこちなくも頑固に断るばかり。

表は雨も上がっていた。

「やはり通り雨であったか……」

ひとりごちながら、左近は蟇肌を大小の刀の柄から外していく。手早く着けた甲斐(かい)あって、水は柄の菱巻(ひしまき)にまで染み込んではいなかった。

雨さえ止めば、半蔵夫婦も引き留める理由はなくなる。

人を斬りすぎた身に友情ごっこなど似合いはしない。

お互いのためにも、これでいいのだ――。

畳んだ蟇肌を収めた左近は、草鞋(わらじ)の紐を締め直す。

「されば、御免」

「おぬし……」

戸惑う半蔵をよそに、一太郎がちょこちょこ進み出た。

小さな草履(ぞうり)を突っかけて土間に立ち、じーっと左近を見上げる。

「おじちゃん」

横を向かれても、無垢(むく)な瞳が曇ることはなかった。

「…………」

「おふろ、はいろう」

「ま、待ってくれ」

手を引かれ、思わず左近はたたらを踏む。

剛力を振るわずとも、幼子ならば大の男を動かすのも容易(たやす)い話。

半蔵の出る幕ではなかった。

三

誰より戸惑っていたのは、左近自身である。

「おふろはこっちだよ、おじちゃん」

「あ、ああ……」

「どうしたのさ、おじちゃん」

「…………」

「ねぇおじちゃん、おじちゃんってばぁ」

嬉々として甘えかかる一太郎を、明らかに持て余していた。

何も世話になろうと思って、谷保村を訪れたわけではない。

また、半蔵との約束を果たすだけのために草鞋を履き、甲州街道を辿ってきたわけでもなかった。

左近の身辺は、相も変わらずきな臭い。

あるじの耀蔵が失脚した今は、尚のこと危険な立場に置かれていた。

平和に暮らしている半蔵一家を、巻き込むわけにはいかない。

ほんの一時、長い道中に出る前に立ち寄ったわけなのだ。

それが一太郎にたまたま出くわし、迷い子と分かって見捨てるわけにもいかずにいたために、思わぬ運びとなってしまった。

半蔵と再会を果たし、約束を守ることができたのは喜ばしいことだ。

だが、これ以上はいけない。

「もうあがるのかい、おじちゃん？」

「長湯は好まぬのだ。おぬしはまだ浸かっておれ」

後に続こうとする一太郎をとどめ置き、左近は五右衛門風呂を出る。

佐和に告げたとおり、すぐ立ち去るつもりだった。

ところが、脱いでおいた着衣がどこにも見当たらない。
代わりに用意されていたのは半蔵のものと思しき、木綿の着物と帯だった。
下着だけは新品が置かれている。
素裸のままで出て行くわけにもいかぬ以上、有難く借りるしかない。
「おじちゃん、ゆだっちゃうよう」
「今参る……」
湯船の中で騒いでいる一太郎を抱き上げ、左近は体を拭いてやった。
半蔵に似た、固太りの体付きである。
造作も幼いながらに武骨さを感じさせ、可愛らしくも精悍(せいかん)であった。
あの父親に似たならば、将来は有望と言えよう。
世間においては武骨者と呼ばれることになるかもしれないが、それでいい。
半蔵は左近が認めた、唯一の好敵手だ。
後を継ぐ子を生(な)したとは、まことに喜ばしい限りである。
あの剣の才、そして愚直な人柄が受け継がれるのだ——。
わがことのように、左近は嬉しかった。

「ふふっ……」

「なにがおかしいの、おじちゃん？」

「いや、何でもないわ」

すかさず一太郎に突っ込まれ、左近は苦笑する。

困りながらも、表情は明るい。

かつて見せたことのない、晴れやかな顔だった。

風呂から上がると、晩酌の用意が整っていた。

食事をしに行く一太郎と別れ、左近は半蔵の待つ奥の間に通された。

奥の間と言っても、そこは狭い家のこと。台所とは、幾らも離れていない。

「これ一太郎、お行儀ようなされ！　箸の持ち方も違いますぞ!!」

襖越しに聞こえてくる、佐和の声は頼もしい。

「おぬしの奥方、本調子に戻ったらしいの」

「うむ。皆のおかげでな……近頃は、すっかり母親らしゅうなったよ」

苦笑しながら、半蔵は杯を取れと左近に促す。

「さぁ、まずは一献」

「かたじけない」

注いでもらったのは喉越しもきりっとした秋の新酒であった。

「拙者の亡き師匠が、蔵元と親しゅうしておってな。江戸に居った頃から、毎年律儀に届けてくれていたのだ」

「左様か。羨（うらや）ましき付き合いであるな……」

膳の上には、心づくしの肴（さかな）も並んでいた。

煮しめの大根と人参は、味がよく染みるように隠し包丁が入っている。干した筍（たけのこ）と厚揚げ、更には鶏肉まで入った豪華版だった。

「うむ、うむ……」

小鉢に盛られた川魚の甘露煮も、箸休めに添えられた漬け物も申し分ない。

（まこと、羨ましき限りぞ……）

左近は心底から、そう思えてならなかった。

それでいて、長居しようとは最初から考えてもいない。

半蔵と佐和は穏やかな暮らしを得たのだ。緑も豊かな村に居着き、可愛い息子にも恵まれて、平穏な日々を送っているのだ。

一方の左近は、相も変わらぬ人斬りである。あるじの耀蔵が失脚し、お払い箱にされたからといって、急に変われるものではなかった。

（皆が寝静まったら出て行こう。俺が居っては、迷惑がかかるばかりぞ……）

左近にとって救いなのは、佐和がこちらの顔を覚えていないこと。

濯ぎの水を汲んでもらったときも、風呂の湯加減を見てもらう間も、騒がれることがなかったのは、僥倖と言うより他にあるまい。

左近自身は初対面だが、弟の右近は佐和と会っていた。それどころか、半蔵が留守にしている隙を突き、手籠めにしようとしたことさえあるのだ。

業の深い弟がいなくなっても、及んだ悪事の記憶は残る。

病を経て佐和の記憶の一部が失われ、嫌な過去を忘れたというのは幸いな限りだったが、弟と瓜二つの左近が近くに居れば、突然に思い出すかもしれない。

やはり、速やかに退散せねばなるまい――。

と、おもむろに襖が開いた。

「遅くなりましてすみませぬ」

三つ指を突き、佐和は淑やかに挨拶をした。

寝かし付けてきたらしく、一太郎は見当たらない。

「こ、こちらこそ」

左近はぎこちなく礼を返す。

緊張しながらも、こう思わずにいられない。

（変われば変わるものだ。まるで別人ぞ……）

佐和と直に顔を合わせるのは初めてでも、姿そのものは耀蔵に命じられて尾行したり、駿河台の屋敷を見張っていて、幾度となく目にしていた。

そんな左近の目に映る、今の佐和は柔和そのもの。

以前の彼女は類い稀な美貌を備えていると同時に、矢を放たんとする弓の如く張り詰めた雰囲気を漂わせており、何とも近寄りがたかった。

しかし今では、まったくの別人。極端に肥えたわけではなかったが、着物越しに見て取れる体の線も柔らかく、接しているとホッとさせられる。

それでいて、すべてが変わったわけではなかった。

「お前さま、もうお話はなさったのですか？」

「いや、酒のほうが忙しくてな……」

　半蔵は微醺を帯びながら、空になった酒器を振って見せる。

「のう佐和、飯の前に今少し呑ませてくれぬか？」

「なりませぬ。三村様とてお疲れでありましょう」

「されどな、素面のままでは話しにくいのだ……」

「ならば私が申し上げます。そこで大人しゅうしていてくだされ」

　ぴしゃりと告げて、佐和は左近に向き直る。

「三村様、お願いがありまする」

「な、何事でござるか」

「このまま当家に留まり、道場を手伝うていただけませぬか」

「えっ……」

「もしも生きて再び出会うたならばそうしたいと、夫はかねてより願うて止まずに居ったのです」

「何と……」

　思わぬ話に驚きながら、左近は視線を巡らせた。

半蔵は浅黒い顔を赤くして、恥ずかしげにこちらを見ている。知らぬ間に、夫婦の間でそういう話になっていたらしい。好意は嬉しいが、佐和のことを思えば二つ返事もできかねる。左近の弟は大悪党。報いを受けて死んだからといって、罪が消えたとは言えまい。まして血を分けた兄、しかも、瓜二つの双子の口からは——。

「どうかお聞き届けくださいませ」

そんな葛藤を見抜いたかの如く、佐和は言った。

「わが夫は生来の不器用者にて、友達というものが少のうございます。ご迷惑かと存じますが、どうか支えてやってくださいませ」

「それがしで構わぬのか、奥方……？」

「はい。幾度も夫をお助けくださった三村様なればこそ、私も伏してお願い申し上げずにいられないのです」

「………」

左近は黙って目を閉じる。

やはり、佐和は以前と変わっていない。

建て前に縛られることなく、言いたいことをずけずけ言うのは彼女の持ち味。

優柔不断な夫を助けるために、今宵は久々に本領を発揮したのだろう。

ここは謹んで、かつ有難く、期待に応えたい。

左近はおもむろに目を開いた。

「……承知つかまつった。喜んでお引き受けいたそう」

答える左近は、かつてなくすがすがしい心境だった。

血濡れた殺人剣を封印し、人を斬るのではなく活かすために、とりわけ子どもたちに剣を教える身となりたい。

それは剣客として、長らく願って止まずにいた夢でもあった。

四

半蔵の道場は朝が早い。

明け方どころかまだ暗いうちから稽古を始め、辺りがすっかり明るくなる頃に解散し、それぞれ朝飯を済ませる運びとなる。

とはいえ、朝が早いのは農家も同じ。

剣術修行に熱中する親父や息子は半ば道楽者と見なされており、朝の野良仕事を怠けて通う道場から戻っても、飯など残っていないことがしばしばだった。

そんな道場の門人たちにとって、心強い店が天満宮の最寄りに在った。

「さぁ、いらっしゃい！　うちは一碗十六文！　よそじゃ出さない絶品もんの丼だよー！」

朝靄（あさもや）の漂う甲州街道に、女の呼び声が朗々と流れる。

谷保天満宮のお膝元、清水の立場（たてば）（宿場間の休憩所）は豊富な湧き水が四季を通じて涸（か）れることなく、街道を行き交う人々の渇きを癒している。名水が湧く地と来れば冷やし素麺（そうめん）と心太（ところてん）が評判を呼ぶのも自然なことで、茶屋に立ち寄る人々の人気を集めて止まなかった。

そんな清水の立場に、新たな茶屋が加わった。

店先に掲げられた看板には『笹のや』とある。

江戸は呉服橋で人気だった、煮売屋の屋号をそのまま用いているという。

店を営む若い夫婦も、元は女将と板前とのことだった。

（お駒も梅吉も元気でやっておるらしいな……）

半蔵は門人たちが帰った後、道場で独り稽古に汗を流していた。

朝日の射す床を繰り返し踏み、黙々と素振りに励んでいる。

振るう木刀は、天然理心流に独特のもの。並外れて柄が太いため、握りを甘くすることなく手の内を締める癖が自ずと身に付く。半蔵は太木刀を用いた稽古を励行させる一方で竹刀と防具も導入し、門人たちが飽きることなく修行を続けていけるようにと心がけている。

そんな地道な努力の甲斐あって入門を願ってくる者は絶えず、半蔵と縁の深い八王子の増田道場から出稽古に訪れる者も多かった。

とはいえ忙しすぎるというほどではなく、左近が師範代として居着いてくれたおかげもあって、半蔵は妻子とのんびり過ごせる時間が増えた。お駒と梅吉も閑さえあれば訪ねてきて昔話に花を咲かせ、持ち前の茶目っ気で二人して座を盛り上げてくれるので、みんな退屈することがない。

武州の地に移って以来、半蔵たちの暮らしは穏やかそのもの。

左近からも、以前の険しさが消えつつある。

本身の代わりに竹刀を握り、腕の冴えはそのままに、門人衆の羨望の眼差しを集める中で指導に励んでいる。

驚くべき進歩と言えよう。

かつて左近は鳥居耀蔵の下で、亡き右近と共に数々の密命を仰せつかってきた身である。弟よりも腕が立ち、斬った者の数も多い。

そんな過去と訣別して、左近は生き直そうとしていたのだ。

だが、世の中は好事魔多し。

前触れなく忍び寄る危機に、まだ誰も気付いていなかった。


事が起きたのは、十月も半ばを過ぎた頃の日暮れ前。

陽暦では十一月も末に至り、そろそろ冬の気配を感じる時季だ。

その日、梅吉は天満宮の境内で銀杏拾いに励んでいた。

茶屋は込み合う時間も過ぎ、客はまばらになった頃。お駒に商いを任せて拾い集めた銀杏は土に埋めて熟成させ、店で供するつもりだった。

「あーあ、鼻が曲がりそうだぜぇ……」

きつい臭いの立ち込める中で辟易しながらも、手の動きは休めない。

「精が出るのう梅吉。感心、感心」

「おじちゃーん」

目の細かい籠が半ばまで埋まり、日課の散歩で左近が一太郎の手を引いて現れたとき、異変は起きた。

「あっ、三村の旦那……！」

声をかけようとした刹那、梅吉は身を翻す。

前触れもなく、手裏剣を撃ち込まれたのだ。

つい先程まで、何食わぬ顔をして茶店で一服していた、行商人と思しき男たちの仕業だった。

「返し付きの十字手裏剣かい……。剣呑な代物を遣いやがって……」

梅吉は銀杏の木の陰に跳び込み、荒い息を吐いていた。

四方に突き出た角の先が尖っているだけでなく、内外の両方に刃が付いた十字手裏剣は、本職の忍びの者が用いる得物。

回転しながら殺到した刃のひとつにかすめられ、左の肩口を裂かれている。

衣替えをする前の時季ならば、致命傷になっていただろう。

浅手ながら、血はなかなか止まらない。

とはいえ、わが身の心配ばかりしてはいられなかった。

「来い、一太郎！」

言い放ちざまに、梅吉は棒手裏剣を投じる。

狙い違（たが）わず、一太郎を追っていた忍びの腕を刃が貫く。

しかし梅吉独りの力では、保護しきれなかったに違いない。

「わーん！」

「じっとしてな！」

恐怖に泣き叫ぶ一太郎を抱き上げて駆け、飛剣が届かぬ間合いまで逃れることができたのは、左近の奮戦があればこそだった。

半蔵を連れて戻ったとき、境内に左近の姿はなかった。

「どうしちまったんだろうなぁ、三村の旦那ぁ……」

「落ち着けい、梅吉」

震える背中をどんと叩き、半蔵は活を入れた。

「俺は足跡を追って参る。後を頼むぞ」

一言告げ置き、駆け出す手には鞘ぐるみの刃引き。

なまじ斬れる本身よりも、打ち倒すことに集中できる刃引きのほうが乱戦の場に在っては有利であることを、半蔵はまだ忘れていなかった。

梅吉が懐中に得物を忍ばせていたのも、理由あってのことである。

老中首座に返り咲いた水野忠邦は、かつての私怨を晴らしにかかっている。

一番の標的とされたのは、言うまでもなく鳥居耀蔵。

かつての懐刀を流刑に処したのに引き続き、忠邦は末端にまで網を広げた。

左近が江戸から去ったのも、そんな包囲を逃れるためだったのだ。

狙われたのは、耀蔵の子飼いだった者だけではない。

忠邦の鼻を明かしたことのある面々は皆、報復の槍玉に挙がっていた。

となれば、最も案じられるのは将軍の御前にまで罷り出て忠邦に恥を掻かせた宇野幸内だが、半蔵たちも我関せずでは済まされまい。

お駒と梅吉が呉服橋の煮売屋を引き払い、武州に移ってきたのも公儀の御庭番と思しき連中が身辺に出没し始め、いざというときに備えてのこと。

郊外の武州は人目も無くて危険と思われそうだが、決してそんなことはない。

茶屋を構えたのは名刹として知られる、谷保天満宮のお膝元。朝早くから参拝に訪れる善男善女が絶えぬし、甲州街道沿いとあって旅人の姿も多い。半蔵一家の住まいを兼ねた道場も最寄りにあり、危ないときはすぐ駆け込める。

安穏と日々を過ごしているようでいて、みんな警戒を怠らずにいたのだ。

左近も半蔵にとって、今や護りたい仲間である。

何としても、救わずにいられない。

（死に急ぐでないぞ、左近……）

夕闇の迫る中、小川に沿って半蔵は駆ける。

何も独りだけに、すべてを押し付けるつもりはない。

今や左近は半蔵たちにとって、知己（ちき）と呼んでも差し支えない存在。

一太郎も懐いて久しく、二度まで助けてもらった。

このまま見捨ててしまっては、天神様の罰が当たるというものだ。

複数の乱れた足跡は天満宮の境内を出て、隣の青柳村まで続いていた。
せせらぎも涼やかな小川に沿って続く道は、古城跡の丘の麓を通っている。
「む……」
半蔵は立ち止まり、耳を澄ませる。
戦いの場は近い。
剣戟の響きは鬱蒼と樹木の生い茂る、小高い丘の上から聞こえてきた。
だっと半蔵は再び駆け出す。
「左近！　無事か！」
城山の斜面を駆け登りながら、刃引きの鞘を払う。
たちまち御庭番衆が襲い来る。
十字手裏剣が殺到する。
駆ける半蔵の足は止まらない。
刃引きをかざし、受け流しながら突き進む。
飛剣で足止めできぬとなれば、敵も体を張るしかない。
手にしているのは、町人に化けた姿で所持していても怪しまれない道中差。

安っぽいのは外見だけで、刀身は重ねが厚く頑丈そのもの。

打ち込む一撃を、半蔵は軽やかに受け流す。

キーン。

金属音に続き、刃引きが唸りを上げた。

「う！」

御庭番が思わず呻きを上げる。

音も声もなく動くことに慣れた相手を苦悶させたのは、怒りを込めて振り抜く一撃だった。

胴を打ち払われて吹っ飛ぶのを尻目に、半蔵は駆ける。

「く！」

「がっ」

続けざまに敵を薙ぎ倒す剣の腕は、かつて影御用を果たしていた頃よりも冴えを増している。

当然だろう。

今の半蔵は上つ方に騙され、利用されているわけではない。

誰か一人に肩入れをし、意気込んでいるわけでもなかった。

護る者の数は、江戸に居た頃よりも格段に増えた。

重荷であるとは、まったく思っていない。

半蔵の天然理心流は護りの剣。

亡き二代宗家の近藤三助方昌から手ほどきを受け、その高弟たちの下で磨いた技を振るう意義は、そこにある。

左近のことも、断じて見殺しにしたくはなかった。

戦いが終わったとき、城山は夕闇に包まれていた。

さしもの御庭番衆もたじたじとなり、すでに退散した後。動けなくなった仲間も抱えて去ったため、辺りには怪我人も亡骸も見当たらない。

半蔵は左近を背負い、斜面を下っていくところだった。

「しっかりせい、左近！」

「大事ない……」

答える声は弱々しい。

半蔵が駆け付けたときには、すでに満身創痍にされていたのだ。

遠間から十字手裏剣を撃ち込まれて負った傷は、ひとつひとつは浅手であっても出血がおびただしい。

さしもの左近も強靭（きょうじん）な体力を徐々に損なわれ、今や自分で立つことも叶わぬ有り様だった。

「傷は浅いぞ、しっかりせい！」

まだ半蔵は諦めていなかった。

医者の許を目指し、駆ける足の運びは力強い。

決して仲間を見捨てはしない。

その一念のみで動いていた。

五

左近は一命を取り止めた。

速やかな、かつ適切な治療が功を奏したのだ。

救いの神の名は、本田覚庵。

後に新選組副長となる土方歳三に書を教え、その方面の才能を開花させたことでも知られる覚庵は佐和の出産にも立ち会ってくれた、谷保村在住の名医である。

「先生にくれぐれもよしなに伝えてくれ。これは少ないが療治代だ」

「左様な真似はせずともよい……それよりも、村に残ってくれぬか」

包帯が取れるのも待たずに去ろうとする左近を、半蔵は懸命に引き止めた。

「佐和も一太郎も、おぬしには心を許しておる。むろん、道場の門人衆もだ」

「かたじけない。だが、俺が居っては迷惑がかかるばかりぞ」

「左近……」

「水野越前守は執念深き男ぞ。返り咲きし権勢の座に在る限り、また御庭番どもを放ってくるのは必定……俺も無益な殺生はしとうないのだ」

「ならば、拙者が戦おう！」

「その気持ちだけで十分だ」

左近は半蔵の肩を叩いた。

「おぬしのこの肩には、多くの護るべき者が載っておるのだろう？　戦いに逸ることなく、自重することも肝要と覚えておけ」

「…………」

「さらばだ」

そっと手を離し、左近は背を向けた。

去りゆく背中に悔いはない。

人斬りの業を脱したい身にとって、無垢な半蔵の見送りは何よりの餞だった。

その後、御庭番衆が差し向けられることは二度となかった。

武州の地での暮らしは、以前と変わらず平穏そのもの。

半蔵の日常も穏やかな限りであった。

尊王攘夷の嵐が日の本じゅうに吹き荒れ、天然理心流一門が時代の荒波に巻き込まれていくのは、まだ先の出来事だ。

半蔵の弟である村垣範正が出世を重ね、開国後に遣米使節団の副使に選ばれて渡米する運びとなるのも、しばらく先のことだった。

今は嵐の前の静けさと言うべき時期。

年号が天保から弘化、嘉永と変わり、上つ方の首がすげ替わっても、まだ天下を揺るがす大事は起きていない。

そんな長閑な時代に在って、半蔵は日々剣術を教えている。

出稽古を頼まれ、八王子や日野に赴くことも以前より増えてきた。

（井上の源三郎……あれはいい。地味なれど粘りのある、良き遣い手ぞ。嶋崎の勝太も近藤先生が目を掛けて止まぬだけあって、実に有望だのう……それにあの土方の末っ子め……ふふ、先が楽しみな限りよ）

ゆったりと湯に浸かり、教え子たちの顔を思い浮かべて微笑む半蔵は四十路も半ばに近い。

一太郎もすっかり大きくなり、剣術修行には熱心なものの、近頃は色気付いて村の娘たちにちょっかいばかり出しているが、一向にモテていない。

（あやつ、ますます俺と瓜二つになって参ったな……佐和に似ておればよかったであろうに……不憫な奴ぞ）

汗を流して食事を済ませれば、夫婦水入らずの時である。

しかし、なかなか二人にさせてはもらえない。

夫婦の間にはもう一人、子どもが誕生していたからだ。

一太郎が生まれて十年が経った後、授かったのは女の子だった。

顔立ちが母親に似て美しく整っているのは幸いだったが、父親として悩ましいのは、些かおてんば過ぎること。

今日も近所の男の子連中を日暮れまで引っ張り回し、へとへとにさせて帰したはずなのに、まだまだ元気一杯であった。

「あそんでくだされ、とうさま」

「これ千恵、何をいたすか」

「あそんでくださるまで、はなれませぬ」

そう言って背中にのしかかり、まったく離れようとせずにいる。

武骨な父親のことが、好きで仕方ないのだ。

とはいえ、甘えられるのも時と場合によりけりである。

これから夫婦仲良く同衾しようというのに、困ったことだった。

引き剝がすのは簡単だが、そうもいくまい。

幼い子どもが親に甘えたがるのは、当然のこと。邪魔者扱いをして力づくで遠ざけるなど、有ってはならぬことである。

さて、一体どうしたものか――。

「いい加減にせい。早く寝なければ、お化けが出るぞ？」

「へいきだもん。あそんでよう、とうさま～」

「ううむ、困ったのう」

埒が明かずにいると、すーっと佐和の手が伸びてきた。

背後から狙ったのは、脇の下。

千恵だけでなく半蔵までくすぐろうという、虚を突いた作戦であった。

「はははは……な、何をいたすか」

「きゃははは……く、くすぐったいよう、かあさまぁ」

「大人しゅうお休みするなら、すぐに止めてあげますよ」

「わ、わかったよう」

「よしよし、いい子ですね」

堪らずに降参した愛娘を、ひょいと佐和は抱き上げる。

あれから家は増築されて、子どもたちの部屋が新たに設けられていた。

費えを賄うことができたのも、日々の仕事が順調であればこそ。

武州の地に居着いて十余年。頼りなかった半蔵も、甲斐性というものが持てるようになって久しい。

囲炉裏端から立ち上がり、半蔵はいそいそと寝所へ向かった。

剣術の指導と算盤勘定の頼まれ仕事に日々励むことができるのも、佐和という無二の伴侶が居てくれればこそ。

感謝の念さえ尽きなければ、夫婦の仲が悪くなるはずもない。

再び可愛い子宝に恵まれたのが、何よりの証左であった。


「少々肥えられましたか、お前さま」

「左様か?」

「ふふっ、私も人様のことは申せませぬね」

「そんなことはあるまい。俺にとって、おぬしはいつまでも過ぎた妻ぞ」

「まぁ、御上手を申されますのね」

「ふふ……」

障子越しに聞こえる虫の音が、心地いい。

「ご無礼をいたしまする」

甘い残り香を漂わせ、佐和は床から抜け出した。

自分の寝所に戻り、千恵と休むのだ。

一人になった半蔵は仰向けになり、天井を仰ぎ見る。

平穏な日常が続くのは何とも有難く、嬉しいことだ。

（よく生き延びたものぞ……）

嵐の如く過ぎ去った、あの一年のことを、半蔵は忘れていない。

不向きな役目に倦み疲れ、いつ自棄を起こしてもおかしくなかった三十三の春に始まった怒濤の日々。

あの一年を経て、半蔵は穏やかな日常に至った。

一歩間違えば道を踏み外し、佐和とも別れていただろう。

むろん、独りの力で道を切り開いたわけではない。

多くの助けを得られたからこそ、今日の平和があるのだ。

その恩を忘れてはなるまいと、半蔵は思う。毎晩眠る前には手を合わせ、定謙の成仏と左近の無事を祈ることも忘れまい。

常の如く膝を揃え、西の方角に向かって合掌していると、縁側から聞き慣れた足音が聞こえてきた。

「……起きてるかい、旦那ぁ」

「梅吉か？」

「……いい酒が入ったんでな、ちょいと呑ろうぜ」

「うむ」

障子越しの呼びかけに応じ、半蔵は合掌を解いて立ち上がる。

梅吉とお駒との付き合いは、今も変わらず続いていた。

あちらの夫婦も子宝に恵まれ、しかも女の子ばかりとあって喜ばしくも姦しい限りだった。

上の娘は茶屋にも出ており、母親譲りの可憐さが街道を行く旅人たちの人気を集めて商いは好調。

されど、良いことばかりではない。

五人も子どもがいるというのに、一家に男は梅吉だけ。

お駒に仕切られ、娘たちには煙たがられて、よほど肩身が狭いらしい。半蔵をしばしば訪ねてきては、勝手知ったる囲炉裏端に座り込み、愚痴をこぼしながら遅くまで一献傾けずにはいられなかった。

酒の量は相変わらず進まぬ半蔵だが、男同士の付き合いは欠かせない。

「さて、参るか……」

身支度を整え、半蔵は廊下に出る。

秋の夜は穏やかに更けてゆく。

時に嘉永四年（一八五一）九月も半ばのことだった。

この作品は2013年9月双葉社より刊行された『算盤侍影御用　婿殿満足』を加筆修正し、改題したものです。

徳間文庫

婿殿開眼㊉

一抹の福

2020年10月15日 初刷

著者 牧秀彦

発行者 小宮英行

発行所 株式会社徳間書店

東京都品川区上大崎三-一-一 〒141-8202
目黒セントラルスクエア

電話 編集〇三(五四〇三)四三四九
販売〇四九(二九三)五五二一

振替 〇〇一四〇-〇-四四三九二

印刷
製本 大日本印刷株式会社

ISBN978-4-19-894600-5 (乱丁、落丁本はお取りかえいたします)

徳間文庫の好評既刊

牧　秀彦

中條流不動剣三
金色の仮面

書下し

ほろ酔いの塩谷隼人主従は川面を漂う若い娘を見かけた。身投げかと思いきやおもむろに泳ぎ出す姿は常人離れしている。噂に聞く人魚？　後日、同じ娘が旗本の倅どもに追われているのを目撃し、隼人は彼らを追い払う。難を逃れた娘は身の上を語り始めた……。

牧　秀彦

中條流不動剣四
炎の忠義

書下し

〝塩谷隼人は江戸家老を務めし折に民を苦しめ私腹を肥やすに余念なく今は隠居で左団扇――〟。摂津尼崎藩の農民を称する一団による大目付一行への直訴。これが嘘偽りに満ちたものであることは自明の理。裏には尼崎藩を統べる桜井松平家をめぐる策謀が……。